THE QUEEN OF CRIME
繁體中文版
20週年
紀念珍藏

死亡約會

著——阿嘉莎・克莉絲蒂
譯——郭茜、郭維

Appointment with Death

通俗是一種功力

吳念真（導演、作家）

通俗是一種功力。絕對自覺的通俗更是一種絕對的功力。

這樣的話從我這種俗氣的人的嘴巴說出來，大概很多人要笑破褲底了。不過，笑完之後請容我稍稍申訴。這申訴說得或許會比較長一點，以及，通俗一點。

小時候身材很爛，各種遊戲競爭完全任人宰割，唯一隱遁逃避的方法是躲起來看書或聽大人瞎掰。那年頭窮鄉僻壤的小孩能看的書不多，小學二年級時最喜歡的是超大本的《文壇》，老師借的。看著看著，某天老師發現我的造句竟出現：「捧著：朝陽捧著一臉笑顏為群山剪綵」這樣亂七八糟的文字，就拒絕再讓我看那些超齡的東西了。

老師的書不給看，我開始抓大人的書看。一種是厚得跟磚塊一樣的日文書，對我來說那完全是天書，但插圖好看，經常有限制級的素描。另一種書是比較薄的，通常藏得很嚴密，只是裡面有太多專有名詞、重複的單字和毫無限制的標點，比如「啊啊啊」、「……！！！」

老讓我百思不解。有一天，充滿求知欲地詢問大人竟然換來一巴掌後，那種閱讀的機會和樂趣也隨著消失了。

所幸這些閱讀的失落感，很快從大人的龍門陣中重新得到養分。講到這裡，我似乎先得跟一個村中長輩游條春先生致敬，並願他在天之靈安息。

我所成長的礦區，幾乎全是為著黃金而從四面八方擁至的冒險型人物，每人幾乎都有一段異於常人的傳奇故事。這些故事當事人說來未必精采，但一透過游條春先生的嘴巴重現，有時連當事人都聽得忘我，甚至涕泗縱橫，彷彿聽的是別人的故事。

條春伯沒當過日本兵，可是他可以綜合一堆台籍日本兵的遭遇，一如連續劇般從入伍、受訓、逃亡荒島，面對同鄉同袍的死亡，並取下他們的骨骸寄望帶回故鄉，乃至骨骸過多搞不清哪是誰的等等，讓聽的人完全隨他的敘述或悲或笑，彷彿跟他一起打了一場太平洋戰爭。此外他也可以把新聞事件說得讓一個三、四年級的小孩，到現在仍記得當時腦中被觸動的畫面。例如當年瑠公圳分屍案的凶手做案之後帶著小孩到安東街吃麵（這讓我一直以為台北的安東街是條專門賣麵的街道），還有甘迺迪總統被暗殺、賈桂琳抱住她先生、安全人員跳上飛快的車子保護賈桂琳……當然，這記憶全來自條春伯的嘴巴而不是報紙。我的記憶全是畫面，有畫面，是因為條春伯說得精采，說得有如親臨他至死都還搞不清地理位置的達拉斯命案現場。

於是這小孩長大後無條件地相信：通俗是一種功力，絕對自覺的通俗更是一種絕對的功

力。透過那樣自覺的通俗傳播，即使連大字都不識一個的人，都能得到和高階閱讀者一樣的感動、快樂、共鳴，和所謂的知識、文化自然順暢的接軌。也許就是因為這些活生生的例子，俗氣的自己始終相信：講理念容易講故事難，講人人皆懂、皆能入迷的故事更難，而能隨時把這樣的故事講個不停的人，絕對值得立碑立傳。

條春伯嚴格地說是有自覺的轉述者，至於創作者，我的心目中有兩個。一個是日本導演山田洋次，一個是推理小說家阿嘉莎．克莉絲蒂。

山田洋次創造了寅次郎這個集合所有男人優點跟缺點的角色，在以《男人真命苦》為名的系列下，總共完成百部左右的電影。它們的敘述風格、開頭、結尾的方法不變，唯一改變的是故事，是時代，是遍歷日本小鄉小鎮的場景。數十年來，看《男人真命苦》幾已成為日本人每年的一種儀式，一如新春的神社參拜。

數十年前訪問過山田導演，他說，當他發現電影已然有它被期待的性格時，電影已經不是導演自己的。他說：當所有人都感動於美人魚的歌聲時，你願意為了讓她擁有跟你一樣的腳，而讓她失去人間少有的嗓音嗎？

人間少有的嗓音與動人的歌聲，都來自山田導演絕對自覺的通俗創造。

再如阿嘉莎．克莉絲蒂，如果我們光拿出她說過的故事和聽過她故事的人口數字，就足以嚇死你。五十多年的寫作生涯，她總共寫出六十六本長篇推理小說，外加一百多篇短篇小

說和劇本。其中有二十六本推理小說被改編，拍了四十多部電影和電視劇集。作品被翻譯成一百零三種文字的版本，銷量超過二十億本。

夠了。你還想知道什麼？知道二十億本的意義是什麼嗎？二十億本的意義是全世界平均三個人就有一個人讀過她的書，聽過她說的故事。

說來巧合，她和山田洋次一樣，創造出個性鮮明的固定主角（當然，前前後後她弄出來好幾個），然後由他（或是她）帶引我們走進一個犯罪現場，追尋真正的罪犯。

故事就這樣？沒錯，應該說這是通常的架構。那你要我看什麼？不急，真的不急，克莉絲蒂會慢慢冒出一堆足夠讓你疑惑、驚嚇、意外，甚至滿足你的想像力、考驗你的耐心和智商的事件來。

推理小說不都是這樣嗎？你說得沒錯，大部分是這樣，不一樣的是……對了，她像條春伯，像山田洋次，她真會說，而且她用文字說。

文字的敘述可以讓全世界幾代的人「聽」得過癮、「聽」個不停，除了聖經，也許就是克莉絲蒂。她不是神，但她真的夠神。

數十年前，台灣剛剛出現她的推理系列中譯本，那時是我結婚前，常有同齡的文藝青年來我租住的地方借宿，瞄到我在看克莉絲蒂，表情詭異地說：「啊？你在看三毛促銷的這個喔？」

我只記得他抓了一本進廁所，清晨四點多，他敲開我的房門說：「幹，我實在很討厭那個白羅……再拿一本來看看，我跟你說真的，要不是你的書，我真的很想把那個矮儸壓到馬桶吃屎！」

我知道他毀了，愛吃又假客氣，撐著尊嚴騙自己。克莉絲蒂再度優雅地撕破一個高貴的知識份子的假面具，她的手法簡單，那手法叫通俗，絕對自覺的通俗，無與倫比、無法招架的功力。

昔日的文藝青年如今跟我一樣，已然老去，但不時還會看到他寫一些充滿理念和使命感極重的文章，在報紙和雜誌上出現。我知道他要說什麼，只是常常疑惑他想跟誰說；同樣，我記得他說過什麼，但轉眼間忘記他說了什麼。但請原諒我，幾十年前那個晚上，他在我家看完的那兩本克莉絲蒂的小說內容，我可還記得清清楚楚。

也許有一天再遇到他的時候，我會問他之後是否還看過克莉絲蒂其他的書，如果沒有，我會跟他說，想讀要趁早，因為你會老、會來不及。至於白羅那個矮儸，大概永遠不會消失。哦，對了，還有一個叫瑪波，你說不定會來不及認識……

老派偵探之必要

冬陽（推理評論人，台灣推理作家協會理事長）

「讀者非常喜歡白羅這個人物，表示『那個開朗的小個子，過氣的比利時名偵探』。顯然白羅是這本小說受歡迎的一個原因，雖然白羅可能不贊同用『過氣』二字來形容他。」知名編輯兼作家經紀人約翰·柯倫（John Curran）在《阿嘉莎·克莉絲蒂的秘密筆記》一書如是說，文中提到的「這本小說」，正是克莉絲蒂初試啼聲、名偵探赫丘勒·白羅優雅登場的《史岱爾莊謀殺案》，一部於一個世紀前出版的偵探推理作品。

百年光陰的淬鍊顯然證明了白羅絕無過氣的疲態，連帶讓我聯想起電影《金牌特務》（*Kingsman*）上映後，大眾熱議西裝如何能帥氣俊挺歷久不衰——或許可以從這個切入角度，在這裡跟老書迷、新讀友探究這個蛋頭翹鬍子偵探（我沒有影射哪款洋芋片食品喔）的魅力所在。

且讓我們話說從頭。

「我敢打賭你寫不出好的推理小說。」一九一六年，阿嘉莎・米勒（克莉絲蒂婚前的舊姓）在媽媽的打字機上敲擊，打算回應姐姐梅姬這挑釁的話語。她努力嘗試，但故事寫得不好，於是改從身旁熟悉的事物著手——比方說毒藥。阿嘉莎在藥房工作過，曾在某個夜裡驚醒，匆匆回到調劑室重新配置，因為她不記得有沒有漏做一個重要步驟，否則病患就要去見閻王了——噢，這似乎是個謀殺好點子。

阿嘉莎還記得姨婆對她的叮嚀：要注意他人覬覦她珍藏的首飾，時時留意是不是有人偷偷拉長了耳朵聽她們的竊竊私語。小阿嘉莎不但執行得徹底，還把這個習慣寫進小說裡。同時她還注意到，因為世界大戰爆發，家鄉托基湧入許多比利時難民，不如讓一個逃難到英國的比利時退休警官擔任偵探？一定很有趣！

啊，偵探小說顧名思義，只要塑造出一個教人印象深刻的偵探，大概就成功一半。這個人物必須要有特色、有個性，甚至是怪癖，而且聰明又自負。好幾個名字浮現在她腦海裡：莫里斯・盧布朗（Maurice Leblanc）筆下的怪盜紳士亞森・羅蘋、卡斯頓・勒胡（Gaston Leroux）創造的新聞記者胡爾達必，當然還有那最最知名的夏洛克・福爾摩斯——連帶創造一個華生型的助手好了。該怎麼安排呢……

於是，一位偵探的樣貌漸漸成形：五呎四吋的小個兒，蛋型臉上蓄著保養得宜、梳理有型的鬍子，衣著一塵不染，漆皮鞋擦得錚亮。他有嚴重的潔癖，說話不時夾雜法語，喜歡成雙成對的東西，喜歡方的不喜歡圓的（雞蛋為什麼不是方的呢？），口頭禪是「動動灰色的腦細胞」。阿嘉莎心想，他應該要有個像福爾摩斯一樣響亮的名字，取名「赫丘勒斯」怎麼樣？希臘神話中的大力士。姓氏叫白羅，不過搭赫丘勒斯這個名字好像不配……改一下，赫丘勒．白羅好像不錯？就這麼定了吧！

白羅很聰明，懂得觀察入微沒錯，但這並不表示他就得是台獨尊腦袋、缺乏情感的冰冷思考機器，尤其要在人物關係錯綜複雜的莊園宅邸查案追凶，交際手腕得高明些才行。他不是在謀殺發生、屍體出現後才開始像頭獵犬四處嗅聞，而是憑藉旺盛的好奇心與強烈的同理心接觸各種人事物，進而探入被害者、犯罪者、各個看似無辜但多少都和事件沾上邊的關係者的心靈深處，佐以現今稱作鑑識、法醫等等科學鐵證（哎，證據人人知道，可是要怎麼跟真相合理地連結到一塊，這就是名偵探的功力啦），讓原本叫人束手無策的事件得以畫下完美句點。也因此，白羅偶爾能預測進而制止罪案的發生，甚至對殘酷但值得憐憫的罪行網開一面，這樣才合乎人性不是嗎？

婚後以阿嘉莎．克莉絲蒂為名，推出《史岱爾莊謀殺案》後深獲好評，相隔六年的《羅傑艾克洛命案》更是引發街談巷議，而克莉絲蒂全球暢銷前十大作品中，還包括《東方快車謀殺案》、《尼羅河謀殺案》、《ABC謀殺案》、《藍色列車之謎》、《底牌》、《五隻小豬之歌》，合計八部皆由白羅擔綱演出。讀者不只喜愛這個聰明角色，還臣服於平實流暢的文筆及相對顯得衝突的複雜劇情，冷酷的謀殺動機隱藏在細膩的人際關係裡，穿透看似單純、帶點童話氣息的表象後，端賴名偵探明察秋毫、撥亂反正。尤其讓一個比利時人在英國土地上辦案，是克莉絲蒂的小心思，因為「英國人總是不信任外國人，也不相信睿智」（語出英國偵探俱樂部主席馬丁・愛德華茲〔Martin Edwards〕），讀者同凶手一樣輕忽不設防，卻也得到了參與鬥智競賽的意外驚奇和美好滿足。

這樣的閱讀感受，我稱之為「老派偵探之必要」，因為它純粹簡約，經得起反覆咀嚼，猶如前述的西裝革履，在潮流更迭的時間長河裡維持恆久的優雅風範——呼應吳念真先生寫在「策畫者的話」中的一段文字，那不是惺惺作態的高傲睥睨，而是「絕對自覺的通俗，無與倫比、無法招架的功力」所致。

不信？往下讀去就知道。而且我敢打賭，你有很高的比例會將整個白羅系列嗑完，然後是瑪波小姐系列以及其他系列，當然也不可能錯過像名列暢銷首位的《一個都不留》這類獨立之作……

註　克莉絲蒂推理全集一至三十八冊為「神探白羅系列」，三十九至五十二冊為「神探瑪波系列」，五十三至八十冊包含鬼豔先生、湯米與陶品絲、雷斯上校、巴鬥主任等名探故事。

獻詞

阿嘉莎．克莉絲蒂是世界讀者最眾，也最廣受喜愛的女作家。
身為克莉絲蒂的孫兒，我相信奶奶會非常樂見這次出版，
因為她極以自己作品中的趣味與娛樂為豪。
歡迎所有喜歡本系列的台灣新讀者參與這場饗宴！

——馬修．培察（Mathew Prichard）

第一部

Appointment with Death

／01

「你很清楚，她非死不可，對吧？」

這個問題飄進寧靜的夜空，似乎在那兒懸浮了一陣，這才在黑暗中飄向死海。

赫丘勒．白羅一手攀在窗台上愣了一分鐘。他皺著眉頭毅然關上窗戶，將有害的夜晚空氣全都鎖在外頭。赫丘勒．白羅從小受到的教育是：戶外的空氣最好讓它留在戶外，而夜間的空氣對健康尤其有害。

他拉上窗簾，走向床邊，對自己寬容地笑了笑。

「你很清楚，非殺死她不可，對吧？」

對於才第一夜光臨耶路撒冷的偵探赫丘勒．白羅來說，這句無意中聽到的對白令他頗覺蹊蹺。

「真是的，無論走到哪裡，總會有事情令我聯想到犯罪事件！」他自言自語道。

他兀自微笑著，一面想起小說家安東尼．特羅洛普的軼事。特羅洛普有一回乘船橫渡大西洋，無意中聽到同船兩位乘客在討論他一本長篇連載小說剛登出的一節。

「棒極了！」其中一人說道。「只是他應該除掉那個討人厭的老女人。」

小說家笑容滿面地對他們說：「兩位，多謝指教！我這就去除掉她！」

赫丘勒．白羅不知道是什麼情境引出了他適才無意中聽到的那句話。可能有人正在合作寫一部戲或一本書？或許吧。

他依然面帶著微笑，心想：「有朝一日，或許有人會想起這句話來，並且賦予邪惡的意義。」

如今回想起來，那聲音裡有種奇怪而神經質的緊張，它的顫抖透露出重大的精神壓力。那是個男人的聲音，也可能是個男孩……

赫丘勒．白羅一面關掉床頭燈，心頭一面想：「下回再聽到那個聲音，我應該認得出來……」

§

雷蒙．柏敦和卡蘿．柏敦手肘放在窗台上，兩人頭依著頭，凝視著窗外藍色的夜空。緊張的雷蒙把他剛才的話又說了一遍。

「你很清楚，她非死不可，對吧？」

卡蘿．柏敦身子微微一顫。她以低沉而嘶啞的聲音說道：「這太可怕了……」

「不會比現在這事更可怕！」

「我想也是……」

雷蒙激動地說：「不能再這樣下去了，不能……我們得想點辦法，我們別無選擇……」

卡蘿再度開口，只是聲音毫無說服力，這點連她自己也知道。

「我們設法逃走好不好？」

「我們逃不掉的。」他的聲音空洞而絕望。「卡蘿，你知道我們逃不掉。」

女孩戰慄了。

「我知道，雷，我知道。」

他突然爆出一陣痛苦的短笑。

「大家會說我們瘋了，就連走出門都做不到——」

卡蘿緩緩說道：「也許我們是瘋了！」

「有可能。沒錯，我敢說我們是瘋了。反正我們再過不久就要瘋了……我想有些人會說我們已經……竟在這裡冷血無情地計畫著殺死我們的母親。」

卡蘿厲聲說道：「她不是我們的親生母親。」

「確實，她不是。」

一陣靜默後，雷蒙以就事論事的平靜口吻說道：「所以你是同意了，卡蘿？」

卡蘿的回答很鎮靜。

「我想她是該死……是的……」

她突然激動起來。

「她是個瘋子……我敢肯定她是個瘋子……她，她要是正常，就不會這樣折磨我們。多少年來，我們一直在說：『不能再這樣下去！』但情況始終沒變！我們老說：『總有一天她會死。』可是她還是不死！我想她是不會死的，除非──」

雷蒙平靜地接下去。

「除非我們殺了她……」

「是的。」

她握緊擱在窗台上的雙拳。

她的哥哥繼續以就事論事的冷靜語調說道，只有些微的顫抖揭露了他內心深處的激動。

「你明白為什麼下手的不是你就得是我，對不對？倫諾思有娜汀要照顧，而且我們不能讓潔妮捲入其中。」

卡蘿打了個寒顫。

「可憐的潔妮……我真擔心……」

「我知道，情況愈來愈糟，對不對？所以，我們得趕緊動手，趕在她出事以前。」

卡蘿突然站起來，將前額散亂的栗色頭髮攏到腦後。

「雷，」她說，「你真的覺得這樣做並沒有不對，是不是？」

他的回答依舊不帶任何感情。

「沒錯，我認為這就像是殺死一條瘋狗……一個為害人世、必須加以阻止的東西。這是唯一能阻止她的辦法。」

卡蘿喃喃說道：「可是他們……他們還是會把我們送上電椅的……我是說，我們很難說清她是怎樣的一個人……別人聽起來一定覺得匪夷所思……你知道，就某個方面來說，這只是我們心中的感受！」

雷蒙說：「不會有人知道這件事，我已經有了計畫，我一切都想好了，我們會很安全的。」

卡蘿突然將頭轉向他。

「雷，不知道為什麼……你變了。發生什麼事了……你怎麼會想到這些？」

「為什麼你會覺得有事發生呢？」

他偏過頭去，凝視著窗外的夜空。

「因為確實有事發生……雷，是因為火車上那個女孩嗎？」

「不，當然不是，怎麼會呢？噢，卡蘿，別胡說了。我們回到……到……」

「回到你的計畫上。你確信那是……是個好計畫嗎？」

「是的，我想是……當然，我們必須等待恰當的時機；然後，如果一切順利，我們就自由了……我們每個人。」

「自由？」

卡蘿輕嘆一聲，她仰望群星，突然放聲大哭起來，渾身上下顫抖不已。

「卡蘿，怎麼了？」

她抽抽噎噎啜泣道：「這一切是這麼美妙……夜色、藍天、星辰，如果我們是它們，該有多好。我真希望我們像其他人一樣，而不是像現在這副模樣……那麼的古怪、變態、不正常。」

「我們會正常的，只要她一死！」

「你確定嗎？會不會已經太晚了？我們會不會一直古怪下去，永遠異於常人？」

「不，不會的。」

「我不知道……」

「卡蘿，如果你不願意——」

她將他伸過來安慰她的臂膀推到一旁。

「不，我和你站在同一邊，我絕對和你在一起。為了所有的人，尤其是為了潔妮，我們必須救潔妮！」

雷蒙沉默了一會兒。

「那麼，我們繼續討論？」

「是的！」

「好！我告訴你我的計畫……」

他低下頭，湊近她耳邊。

02

醫學碩士莎拉・金恩小姐坐在耶路撒冷所羅門旅館寫字間的桌邊，懶懶地翻看著報紙和雜誌。她鎖著眉頭，似乎正陷入沉思之中。

一個高大的中年法國男子從大廳走進房間，看了她好一陣子，這才慢慢走到桌子對面。兩人四目相接時，莎拉微微一笑，表示她認得這人。她記得在她離開開羅時找不著挑夫，這人曾經過來幫忙，替她拎過一只箱子。

「你喜歡耶路撒冷嗎？」兩人互致問候之後，傑勒德醫生問道。

「就某些方面而言，這座城市怪可怕的。」莎拉說，接著又加了一句：「非常奇怪的宗教！」

法國人臉上露出感興趣的表情。

「我明白你的意思，」他的英語幾乎無懈可擊。「各種教派明爭暗鬥，只要你想像得到，這裡應有盡有！」

「還有，他們訂立的那些恐怖規矩！」莎拉說。

「確實，沒錯。」

莎拉嘆了口氣。

「今天他們把我從一個地方趕了出來，只因為我穿了一件無袖洋裝，」她懊惱地說。「顯而易見，上帝雖然創造了我的臂膀，卻不喜歡看到它們。」

傑勒德醫生笑了。過了一會兒，他說：「我想來點咖啡，你也來一點嗎？對了，您的芳名是——」

「金恩，我叫莎拉．金恩。」

「我是……請容我……」

他掏出一張名片。莎拉接過名片一看，驚喜得瞪大眼睛。

「西奧多．傑勒德醫生？噢！見到您真是令人興奮。當然，我拜讀過您所有的醫學大作。您對於精神分裂症的看法真是有趣極了。」

「你讀過我的論文？」傑勒德眉頭一揚，不解地問道。

莎拉不甚自信地解釋道：「您知道……我自己也準備要當醫生。我剛拿到了醫學碩士學位。」

「哦，原來如此。」

傑勒德醫生點了咖啡，兩人在旅館大廳的一個角落坐了下來。

這位法國醫生對莎拉在醫學方面的成就並未在意，倒對她由前額向後梳攏的波浪黑髮和形狀優美的紅唇更感興趣。看到她肅然起敬的模樣，他不禁暗自好笑。

「你打算在這裡待很久嗎？」他打開話匣子。

「只待幾天而已，之後我就要去佩特拉[1]。」

「啊哈！如果費時不多，我也考慮去看看呢。你知道，我得在十四號趕回巴黎。」

「我估計要花一個星期左右；去程兩天，在那兒玩上兩天，然後兩天回程。」

「明天早上我得到旅行社跑一趟，看他們能不能安排一下。」

一群人走進大廳，坐了下來。莎拉饒富興味地看了他們一陣，接著壓低聲音說道：「剛進來的那些人，那天晚上你在火車上注意到了嗎？他們和我們同一天離開開羅。」

傑勒德醫生戴上一枚單片眼鏡，視線落在大廳對面那群人身上。

「是美國人嗎？」

莎拉點點頭。

「是的，一個美國家庭。不過我感覺這家人很不尋常。」

1　佩特拉（Petra），位於約旦西南部的古都，以希臘式古石墓知名。

「不尋常？怎麼個不尋常法？」

「噢，你看看他們，尤其那個老太太。」

傑勒德醫生照辦了。他敏銳的職業目光從一張臉迅速掃到另一張臉。

他首先注意到一個高瘦的男人，約莫三十歲。他看來討人喜歡但不健康，而且帶著一種奇怪的病態。接著是兩個漂亮的年輕男女。那男孩的頭型極像希臘人。「他也有問題，」傑勒德醫生心中暗忖。「沒錯，絕對是處於神經質的緊張狀態。」那女孩顯然是他妹妹，兩人外貌非常相像，而她也處於一種容易激動的狀態。還有一個更年輕的女孩，紅中帶金的秀髮像光環般罩在她頭上，雙手撕扯著放在腿上的手帕，一刻也不停。另外還有一個女人，年輕、冷靜，深色的頭髮，肌膚有如凝脂，溫和寧靜的臉像極了聖母瑪利亞。她看上去沒有絲毫的緊張不安。而這群人的中心……「老天！」傑勒德醫生以法國人慣有的率直，嫌惡地想著：「這女人看上去真是恐怖！」那女人衰老、鼓脹、臃腫，像一尊扭曲變形的老佛像，一動不動地坐在他們中間，宛如盤踞在羅網中央的碩大蜘蛛！

他對莎拉說：「La Maman[2]，她長得可真不漂亮，是吧？」說著還聳了聳肩。

「你覺不覺得，她身上有種……邪惡的味道？」莎拉問。

傑勒德醫生對老太太再度端詳了一陣，這回是以職業的眼光，而非審美的觀點。

「浮腫，心臟病。」他使用了一個流利的醫學用語。

「哦，那個，沒錯，」莎拉對這些醫學名詞的反應是輕描淡寫。「可是你沒發覺他們對她的態度有些古怪嗎？」

「你認識他們？」

「他們姓柏敦。母親、結了婚的兒子、媳婦、小兒子，還有兩個女兒。」

傑勒德醫生輕聲說道：「La Famille Boynton[3]出門見世面囉。」

「沒錯，可是他們見世面的方式有點古怪，他們從不和任何外人說話。而除非那個老媽媽答應，他們沒有半個人敢做任何事！」

「她是母系社會一家之主的典型，」傑勒德若有所思地說道。

「我倒覺得她更像個不折不扣的暴君。」莎拉說。

傑勒德醫生聳聳肩說，美國女人統治了整個地球，已是人盡皆知的事。

「沒錯，但不只如此，」莎拉很固執。「她已經……噢，她已經徹底馴服了他們，那些人絕對在她的指掌之中。這簡直……簡直可恥！」

「女人權力太多真是不妥，」傑勒德附和道。他的神情突然變得嚴肅，搖了搖頭。

「女人很難不濫用權力。」

2 法語，意思是「那位媽媽」。

3 法語，意思是「柏敦一家」。

他迅速朝一旁的莎拉瞥了一眼。她正看著柏敦一家……或者說得精確點，她正凝視著這一家的某個人。傑勒德醫生臉上露出法國人特有的會心笑容。噢，原來是這麼回事，對吧？他試探地輕聲問道：「你和他們說過話吧？」

「是的。至少和他們其中一人說過。」

「是那個年輕人……那個小兒子？」

「是的。就在從坎塔拉來這裡的火車上。他站在走道上，我先開口對他說話。」

她對生活的態度顯然毫不忸怩。她對人性感興趣，性情雖非有耐心之輩，但是很友善。

「你怎麼會想到找他說話？」傑勒德問道。

莎拉聳聳肩。

「有何不可？我旅行的時候常常找人聊天。我對人有興趣，喜歡知道他們做些什麼、想些什麼，感受如何。」

「換句話說，你把他們放在顯微鏡下觀察。」

「我想你可以這麼說，」莎拉承認。

「那麼那一回你印象如何呢？」

「這個——」她猶豫了一下。「相當古怪。一開始那男孩的臉一直紅到了脖子。」

「這很奇怪嗎？」傑勒德語帶調侃地問道。

莎拉笑了。

「你是說，他把我當成了不知羞恥、找他搭訕的妓女嗎？哦，不是這麼回事。我不認為他那樣想。男人總能看出普通女人和妓女的不同，對吧？」

她以坦白的目光徵詢傑勒德的意見，後者點點頭。

「我有一種感覺，」莎拉眉頭微蹙，緩緩說道，「他……我該怎麼說呢？既激動又慌張；異乎尋常的激動，又莫名其妙的慌張。這很奇怪，對不對？因為我知道美國人一向特別沉著冷靜。打個比方，一個二十歲的美國男孩要比同齡的英國男孩世故得多，也能幹得多。而這個男孩勢必已經超過二十歲。」

「我敢說，他大概有二十三、四歲。」

「有那麼大嗎？」

「我想應該有。」

「沒錯，你可能說得對。只是不知何故，他顯得年紀很小——」

「心智上還沒有調適過來。『兒童』因子還在發揮作用。」

「那麼我是對的了？我是說，他的確有不太正常的地方？」

傑勒德醫生聳聳肩，對她一本正經的模樣報以一笑。

「我親愛的小姐，我們當中又有誰是完全正常的呢？不過我同意你的看法，他是可能患有某種精神疾病。」

「一定跟那個可怕的老太婆有關。」

「你好像非常討厭她。」傑勒德醫生說道，好奇的眼神看著她。

「沒錯，她的眼神……噢，好邪惡！」

傑勒德醫生低聲說了一句：「當兒子被年輕漂亮的小姐迷住的時候，很多母親都會這樣！」

莎拉不耐煩地聳聳肩。她心想，法國人全都一個德性，滿腦子都是性！不過，當然，身為一個有自覺的心理學家，她不能不承認，大多數現象背後都有性的因素在作祟。她的思緒把她帶到她熟悉的心理學軌道上。

她突然從沉思中驚醒。雷蒙・柏敦穿過房間走到大廳中央的桌旁挑了本雜誌，接著往回走。當他經過她身邊，她看著他說：「你們今天都在四處觀光？」

她是隨意找話說，真正的目的是想看雷蒙會有什麼反應。

雷蒙腳步差點停下來，他臉一紅，像一匹緊張的馬倒退一步，雙眼慌張地朝他家族的中心望去。他結結巴巴說道：「噢，噢，有……啊，有，當然有。我……」

接著他好似突然被黃蜂螫了一下，拿著雜誌匆匆回到家人之中。

那個巨佛一般的古怪雕像，伸出一隻粗腫的手接過雜誌。但傑勒德注意到，在她接過雜誌的當下，她的雙眼一直盯著那男孩的臉。她咕噥了什麼，但絕對不是道謝。接著她的頭微微一側，醫生發現她嚴厲的目光投向了莎拉。那張木然的臉上一無表情，誰也看不出這個老太婆心裡在想什麼。

莎拉看了看錶，發出一聲低呼。

「沒想到這麼晚了。」她站起身。「醫生，非常謝謝你請我喝咖啡。我得去寫幾封信。」

他也站起身，握住她的手說道：「希望我們還有機會再見面。」

「噢，我也希望！你也會去佩特拉吧？」

「我一定會盡量安排。」

莎拉對他一笑，轉身走了，並從柏敦一家人身邊經過走出房間。

傑勒德醫生一直沒有移開視線。他看到柏敦家老太太的目光又落回她兒子臉上。他看到男孩的視線和她的目光相遇。在莎拉經過時，雷蒙．柏敦偏了偏頭……不是轉向她，而是偏過頭去……這是個緩慢的、不情不願的動作，看起來柏敦夫人似乎牽動了一條看不見的繩索。

莎拉．金恩注意到了男孩存心避開的眼神。她年紀輕，又非聖賢，遂不由得感到惱怒。他們曾在搖搖晃晃的火車走道上愉快地聊天，他們交換對於埃及的看法，一同取笑驢夫和街頭小販滑稽可笑的語言。莎拉告訴他，一個趕駱駝的人滿懷希望、冒冒失失地和她搭訕：「你，是英國小姐還是美國小姐？」她回答：「都不是，我是中國人。」看到那人大惑不解、目瞪口呆的模樣，她不禁開懷笑了。她當時心想，這男孩真像個教養良好、滿懷熱切的學生……熱切得幾乎可悲。而現在，沒有任何原因，他突然變得害羞而粗魯！真是無禮之至。

「我絕不再為他自尋煩惱。」莎拉憤憤想道。

莎拉雖然並不傲慢自負，不過頗有自知之明。她知道自己對異性具有吸引力，而她絕不甘心受到怠慢。

或許她對這個男孩過於友好了些，出於某種莫名的原因，她為他感到難過。

可是現在，顯而易見的，他只是個粗魯、傲慢、無禮的美國年輕人！

莎拉．金恩並沒有如她所說的去寫信。她在梳妝台前坐下，將頭髮從前額梳到腦後。看著鏡子裡一雙苦惱的淺褐色眼睛，她開始思考自己的生活。

她剛經歷了一段痛苦的感情危機。一個月前，她和一位比她大四歲的年輕醫生解除了婚約。他們彼此相愛，但兩人的性情太像了，意見不合、大小爭執成了家常便飯。莎拉個性很強，不能容忍對方心安理得地施行獨裁。和許多充滿活力的女人一樣，莎拉相信自己崇尚強勢的力量。她一直告訴自己，她希望被駕馭。但當她真的找到一個能駕馭她的人後，她發現自己一點也不喜歡這種感覺。解除婚約讓她傷心了好一陣子，但她還算理智，知道光靠兩性吸引並不足以維繫一生的幸福。她特意給自己放了這次長假——一趟有趣的異國假期，希望在認真重返工作崗位之前把過去給忘掉。

莎拉的思緒從過去回到眼前。

「不知道，」她想，「傑勒德醫生是不是願意跟我談談他的工作。他的成就真是了不起。要是他能把我放在心上就好了……這不無可能，如果他也去佩特拉的話……」

接著她又想到了那個奇怪而無禮的美國青年。

她知道那是因為他的家人在場，他才會做出如此古怪的反應，不過她還是有點瞧不起他。完全被家人控制於股掌之中，這真是太荒謬了，尤其對一個男人來說！可是……

一種怪異的感覺突然傳遍她全身。這裡面是不是藏著一些古怪？

她突然大聲說道：「這個男孩需要拯救！我一定得想辦法救他！」

／03

莎拉離開大廳後，傑勒德醫生在原地又坐了幾分鐘，接著慢慢走到桌邊，挑了一份最新的法文《晨報》，拿著它慢慢踱到距離柏敦一家幾碼處的位置坐了下來。他的好奇心已被撩起。

一開始，他還因為那個英國女孩對這個美國家庭甚表興趣而感到好笑，還自以為精明地斷定，那是因為她對這家的某個成員有興趣。可是現在，這家人身上某種詭異的東西喚醒了他內心那股不帶任何偏見的興趣——科學家的興趣。他意識到：這其中絕對有值得做心理研究的地方。

藉著報紙的掩護，他非常仔細地打量他們。首先是讓那位迷人的英國女郎極感興趣的男孩。沒錯，傑勒德想到，他的個性絕對會吸引她。莎拉．金恩很有魄力，她情緒穩定、冷靜機智、意志堅定。依照傑勒德的判斷，這個年輕人敏銳而感性，他缺乏自信，很容易受到他人意見的左右。他以醫生的角度注意到一個明顯的事實：這個男孩目前正處於神經緊繃的狀態。傑勒德很想知道原因。他百思不解，這年輕人顯然身強體健，理應享受異國旅遊之樂，但他為什麼會處於這樣一種狀態，彷彿隨時都會精神崩潰似的？

醫生的注意力轉到這一家的其他成員身上。栗色頭髮的女孩顯然是雷蒙的妹妹，兩人屬於同一血緣，都是骨架小、體型優美，富有貴族氣質，同樣纖瘦優雅的手和同樣線條分明的下顎，連長頸子的優雅姿態都無異。而這個女孩也很緊張……她有一些無意識而神經質的小動作，眼圈很黑，眼眸卻很明亮。她說話速度很快，有點上氣不接下氣。她處處提防，時時警覺，無法放鬆。

「她也在害怕，」傑勒德醫生斷定。「沒錯，她感到害怕！」

他聽到一鱗半爪的對話，是非常普通而正常的對話。

「我們可以去所羅門馬場看看嗎？」

「母親會不會吃不消？」

「早上要不要去哭牆？」

「神殿，當然好。他們把它叫作奧瑪清真寺，不知道為什麼。」

「當然是因為它是一座回教清真寺，倫諾思。」

這是遊客間很尋常的對話。但是不知何故，傑勒德醫生有種奇怪的感覺。他深信無意間聽到的這些零星對話句句都不真實。它們是一張面具，遮住了其下洶湧起伏的情緒，某種深藏不露、難以名狀的東西⋯他再次在《晨報》的掩護下偷瞄了一眼。

倫諾思？是那個大兒子。在他身上你能發現這一家人的相似之處，但也有不同的一面。倫諾思並不那麼緊張。傑勒德醫生斷定他的性情沒那麼神經質。但即使是他也透著些許古怪。他身上並沒有另外兩人那種肌肉緊繃的現象。他鬆垮垮地坐在那裡，有氣無力。困惑的傑勒德一面在記憶中搜尋醫院病房中這種坐姿的病人，一面心想：「他已經精疲力竭了⋯⋯沒錯，因為承受過多痛苦而精疲力竭。那眼神⋯⋯是一隻受傷的狗或一匹負傷的馬才有的眼神，似乎在無言地忍受著痛苦。真奇怪⋯⋯他的身體似乎沒有任何毛病，但是，他無疑剛經歷過莫大的痛苦，心靈上的痛苦。現在，他已不再痛苦，只是木然地忍耐。我覺得他在等待——等待打擊的降臨——是什麼樣的打擊呢？難道這一切都是我的幻想嗎？不，這個男人一定有所期待，他在等待末日的到來。就像癌症患者躺在病床上等著死神降臨，只要鎮痛劑使得痛苦稍減就感激不盡了。」

倫諾思·柏敦站起身子，拾起老太太掉在地上的毛線團。

「您的毛線，母親。」

「謝謝。」

她在織什麼呢？這個雕像一般面無表情的老婦？是一種又粗又厚的東西。傑勒德心想：「少年犯戴的手套！」他為自己豐富的想像力感到好笑。

他的注意力轉移到這一家最年輕的成員身上——那個髮色紅中帶金的女孩。她約莫十九歲，和許多紅髮女子一樣，皮膚細膩光潔。她的臉雖然過瘦，但依然很美。她坐在那裡，兀自微笑著……對著空氣微笑。她的笑有點古怪，思緒似乎遠遠飛離耶路撒冷和所羅門旅館……它讓傑勒德醫生聯想起什麼。突然有如一道閃電般，他想到了，那是古希臘雅典衛城的少女們輕啟朱唇時，那奇異、不染塵埃的笑容……飄渺、可愛、不食人間煙火。那笑容的魔力和她的沉靜自得，令他心頭輕顫了一下。

就在這時，他驚駭地注意到她的手。坐在她周遭的家人是看不見，但從他坐的角度，他看得清清楚楚：她放在膝上的雙手撕著、扯著，正把一塊精美的手帕撕成碎片。他突然感到萬分恐懼和驚愕。那遙遠漠然的微笑，那安靜的身軀，還有那雙忙著破壞的小手……

／04

一陣緩慢、哮喘病人的咳嗽聲之後，碑石般靜肅的編織老婦說話了。

「潔妮弗拉，你累了。你最好上床睡覺去。」

那女孩一驚，手指停止了機械的撕扯動作。

「我不累，母親。」

傑勒德立刻發現她的聲音甜美如音樂，連最平淡無奇的話語也有魅力。

「不，你累了，我不會錯的。我想你明天不能出去玩了。」

「噢，我要去，我身體很好。」

她母親以濁重沙啞——簡直刺耳——的聲音說道：「不，你身體不好。你會生病的。」

「不會，我不會。」

女孩渾身開始劇烈顫抖。

一個溫柔、平靜的聲音說道：「我陪你上去，潔妮。」

那位安靜的年輕女子站起來，她灰色的大眼睛若有所思，黑髮俐落地盤在腦後。

柏敦夫人說：「不用，讓她自己上去。」

女孩哭叫道：「我要娜汀陪我。」

「我當然會陪你。」年輕女子向前走了一步。

老太太說道：「這孩子喜歡自己上去，是不是，潔妮？」

沉默了好一陣子後，潔妮弗拉．柏敦開口說話了，她的聲音變得平板呆滯。

「是，我喜歡一個人上去。謝謝你，娜汀。」

她慢慢走開，修長瘦削的身影輕步移動，有種驚人的優雅。

傑勒德醫生放低報紙，恣意地盯著柏敦夫人。她望著女兒的背影，胖臉上的皺紋擠成一團，現出詭異的笑容。這笑容和女孩前不久那可愛而空靈的微笑依稀有幾分相似。

接著，老太太的目光轉向才剛坐下的娜汀。她抬起頭，和婆婆四目相接。她的臉龐沉靜自若，而老婦則是目光惡毒。

傑勒德醫生心想，簡直是個匪夷所思的老暴君！

這時候，老婦的目光突然落在他身上，他立刻倒抽一口氣。那是一對黑色的小眼睛，似乎暗藏著什麼。它傳送出一股力量，是一種無可懷疑的威力，一個邪惡的浪頭。傑勒德醫生對性格所產生的力量頗有研究。他明白，她絕不只是一個被慣壞、暴君似耽溺於一些古怪念頭的泛泛病人。這老婦絕對是股不可撼動的力量。在她惡毒目光的逼視下，他彷彿感受到響尾蛇的威力。沒錯，柏敦夫人或許年事已高、身體虛弱、疾病纏身，但她絕非軟弱無能。這個老女人深知建立威嚴的意義，這她行使了一輩子，而且從未懷疑過自己的力量。傑勒德醫生曾經見過一個女人和老虎在一起進行非常危險而壯觀的表演。那隻曾經潛行於叢林間的森林之王，在馴獸師的指揮下爬到指定的位置上，進行著屈辱的表演。牠們的眼睛和低沉的咆哮聲訴說著牠們的仇恨——深切、狂熱的仇恨，但是牠們屈服了，畏縮了。那位馴獸師——一位年輕、高傲、皮膚微黑的美人——神態和這個老婦一模一樣。

「Une dompteuse[4]。」傑勒德醫生自言自語道。

他現在明白了，狀似無害的閒話家常背後，隱含了何種暗潮——那是仇恨，一股黑暗、仇恨的漩流。

他想：「大部分的人會以為我太會幻想、太可笑，不過是個尋常而融洽的美國家庭在巴勒斯坦觀光，我卻在它周遭編織了一個充滿黑色魔法的故事！」

接著，他感興趣地看著那位叫作娜汀的沉靜少婦。她的左手戴著婚戒，他注視著她，發現她對四肢舒張、一頭金髮的倫諾思迅速看了一眼。這一瞥暴露了她的心事，傑勒德因此得知……

這兩人是夫妻。然而，那一瞥像母親而不像妻子，是為人母者才會有的眼神，其中充滿了護衛和憂心。於是他更明白了。他知道這群人當中只有娜汀．柏敦沒有受到她婆婆的魔法控制。她或許不喜歡老太太，但她並不怕她。老太太的力量對她無可奈何。她不快樂，為她的丈夫憂心忡忡，但她是自由的。

傑勒德醫生自言自語道：「這一切真有意思！」

4 法語，意思是「馴獸師」。

／05

這個黑暗的幻想世界，這時突然吹起一陣尋常的微風，氣氛幾乎變得可笑起來。

一個男人走進旅館大廳，看見柏敦一家，立刻朝他們走去。那是一個很典型的中年美國人，看來頗為隨和。他衣著講究，長臉上的鬍子刮得乾乾淨淨，說話慢條斯理，聲音低沉而悅耳，只是有點單調。

「我到處在找你們。」他說。

他小心翼翼地和柏敦家的每個人握了手。

「您感覺如何，柏敦夫人？旅行沒有太勞累吧？」

老太太喘著氣，以幾近和藹可親的態度答道：「沒有，謝謝。我的身體一向不好，你是知道的……」

「啊，當然，很遺憾，真是遺憾。」

「不過，倒也沒有更壞。」

柏敦夫人慢慢露出爬行動物般陰沉的笑容，加上一句：「有娜汀在這兒照顧我呢，是吧，娜汀？」

「只是盡我所能。」她的聲音裡聽不出任何感情。

「啊，當然是這樣！」陌生人說道，語氣很是熱切。「呃，倫諾思，你覺得大衛王之城怎麼樣？」

「哦，我不知道。」倫諾思淡淡說道，顯得毫無興趣。

「覺得有點失望，對吧？我必須承認，一開始我也有這種感覺。大概是你看得還不夠多吧？」

卡蘿．柏敦接了口。

「因為母親的緣故，我們不能逛太久。」

柏敦夫人解釋道：「我一天頂多只能走兩個鐘頭。」

陌生人以熱切的語氣說道：「我覺得您能做到這樣已經很不錯了，柏敦夫人。」

柏敦夫人慢慢放出一聲帶著哮喘的短笑，那笑聲似乎帶著得意。

「我從不向我的身體屈服！意志才是最重要的！沒錯，意志……」

她的語音逐漸消逝。傑勒德看見雷蒙．柏敦神經質地一顫。

「你去過哭牆了嗎，柯普先生？」他開口問道。

「啊，去了，那是我來這裡以後最先去參觀的幾個地方。我希望這幾天好好遊一遊耶路撒冷。我現在正等著庫克旅行社的人替我找一份旅行路線圖來，這樣我就能好好把這些聖地遊覽一番——伯利恆、拿撒勒、太巴列、加利利海。那一定很有意思。還有傑拉什，那裡有一些很有意思的古羅馬廢墟。此外，我還想看看佩特拉這座玫瑰紅城，我相信它一定是個令人嘆為觀止的自然景觀，而且也是在觀光路線上。不過，來回一趟還是得花上大半個星期。」

卡蘿說：「我真想去那裡看看。聽起來好棒。」

「啊，我認為那裡絕對值得一遊……沒錯，絕對值得一遊！」

柯普先生頓了頓，帶點遲疑地看了柏敦夫人一眼。當他再度開口說話，正凝神細聽的法國醫生發現他的口氣顯然很不確定。

「我不知道你們有沒有人能跟我一起去？當然，柏敦夫人，我知道您身體是受不了的。而您的家人有幾位自然會留下來陪您，不過如果各位願意『兵分兩路』……」

他沒再繼續說。傑勒德聽見柏敦夫人的編織針規律碰觸的聲音。接著她說：「我想我們不願意分開。我們一家人非常親密，」她抬起頭來。「嗯，孩子們，你們說呢？」

她的聲音聽來有點怪異。那些孩子回答得非常迅速：「不去，母親。」

「噢，不去。」

「不，當然不去。」

柏敦夫人帶著她那特有的詭異笑容說道：「你看，他們都不願意離開我。你呢，娜汀？你沒說話。」

「謝謝，我不去，母親。除非倫諾思想去，要不然我不會去。」

柏敦夫人緩緩將頭轉向兒子。

「那，倫諾思，你怎麼樣？不如你和娜汀一道去吧？她好像很想去。」

他一驚，抬起頭來。

「我……呃，不，我……我想我們一家人還是在一起比較好。」

柯普先生禮貌地說道：「噢，你們一家人真是親密。」

然而他的話聽起來空空洞洞，似乎有點勉強。

「我們總是守在一塊。」柏敦夫人說，她開始收拾毛線團。「對了，雷蒙，剛才跟你說話的女孩是誰？」

雷蒙緊張得一驚，臉先是一紅，隨即變得煞白。

「我，我不知道她的名字。她……她那天晚上跟我們坐同一班火車。」

柏敦夫人開始在椅子裡挪動，掙扎著想站起來。

「我不希望我們跟她有什麼瓜葛！」她說。

娜汀站起身，協助老太太離開座椅。她表現出的專業和靈巧，吸引了傑勒德的注意。

「上床時間到了。」柏敦夫人說，「晚安了，柯普先生。」

「晚安，柏敦夫人。晚安，倫諾思夫人。」

他們走了……像一列小型的遊行隊伍。這家人的年輕一輩好像沒有一個想要多留一會。柯普先生一個人留下。他望著他們離去，臉上的表情很奇怪。

傑勒德醫生的經驗告訴他，美國人是個生性友好的民族。他們不像旅行的英國人，猜疑心總是蠢蠢欲動。對傑勒德醫生這樣有本事的人來說，結識柯普先生簡直易如反掌。這個美國人現在正孤身一人，而且，和他們大多數同胞一樣，他確是生性友好。

傑勒德醫生的名片又旗開得勝，傑斐遜．柯普先生唸出上面的名字，立刻大為震服。

「啊，你是傑勒德醫生。前不久你還去過美國吧？」

「去年秋天。我去哈佛授課。」

「沒錯。醫生，你是你這一行數一數二的大名人呢。你在巴黎也是專業領域的翹楚。」

「親愛的柯普先生，你實在太過獎了！我該抗議才是。」

「不，不，這真是莫大的榮幸。事實上，耶路撒冷最近正好有好幾位大名鼎鼎的人物光臨呢！除了你，還有韋爾登爵士、金融家嘉布爾．史坦博爵士、資深英國考古學家曼德斯．史東爵士。還有英國政壇赫赫有名的韋斯索姆夫人。此外，著名的比利時偵探赫丘勒．白羅也在。」

「那個小個子赫丘勒．白羅？他也在這裡？」

「我在本地報紙上看到他的名字，說他才剛抵達。在我看來，好像全世界的名人都來到了所羅門旅館。當然，這是個很不錯的旅館，布置極有品味。」

傑斐遜·柯普先生顯然心情很好。而只要傑勒德醫生願意，他也可以魅力無窮。沒多久，這兩個男人便雙雙來到吧檯。

兩杯薑汁威士忌下肚後，傑勒德醫生說道：「剛才和你談話的那家人，是典型的美國家庭嗎？」

傑斐遜·柯普先生若有所思，啜了一口酒後說道：「噢，不，我覺得不太典型。」

「不是嗎？我以為那是非常和睦的一家人。」

柯普先生慢慢說道：「你是說，那家人好像都圍著那老太太打轉？這是沒錯。你知道，她是一個很了不起的老太太。」

「真的？」

柯普先生並不需要太多鼓勵，這樣輕輕一句就足以讓他打開話匣子。

「醫生，我告訴你也無妨，我最近心裡常常惦記著這家人，老想著他們。恕我冒昧，跟你談談這件事或許能讓我心裡好過些。當然，你得不覺得厭煩才行。」

傑勒德醫生忙說他一點都不厭煩。傑斐遜·柯普先生因此緩緩道來，他那討人喜歡、乾乾淨淨的臉上，因困惑而露出一些皺紋。

「我就對你直說了吧，我是有點擔心。你知道，柏敦夫人是我的一個老朋友。我說的不是那個老太太，是年輕的那位，倫諾思的妻子。」

「啊，是的，那位非常迷人的黑髮少婦。」

「沒錯，她叫作娜汀。醫生，娜汀的個性十分可愛，她結婚前我就認識她。那時候她在醫院受訓，打算當個護士。後來她和柏敦一家一起去度假，結果嫁給了倫諾思。」

「然後呢？」

傑斐遜．柯普又啜了一口薑汁威士忌，繼續說道：「醫生，我想跟你先說些柏敦家的背景。」

「呵，請說，我洗耳恭聽！」

「呃，你知道，已過世的埃爾默．柏敦是個極有魅力的知名人物，他結過兩次婚。他的第一任妻子去世時，卡蘿和雷蒙都還只是蹣跚學步的幼兒。聽說第二位夫人跟他結婚時雖然已不年輕，倒也是個美人。看她現在的模樣，很難想像她也曾美貌過，不過，這些都是我從一個權威人士那裡聽來的。總而言之，她丈夫非常疼愛她，幾乎什麼事都對她言聽計從。他去世前幾年身體很弱，掌權的其實是她。她很能幹，很有生意頭腦，也很盡心盡責。埃爾默去世後，她把全副精神都放在幾個孩子身上。她自己也有一個孩子，潔妮弗拉，是個漂亮的紅髮女孩，就是有點嬌弱。呃，就像我剛說的，柏敦夫人對家庭可說是全心全意，她跟外界幾乎完全沒有來往。醫生，我不知道你怎麼想，但我覺得這樣做並不明智。」

「我同意你的看法。這對全家人的心智發展非常不好。」

「沒錯，你這句話可說是一語中的。柏敦夫人為了不讓這些孩子受到外界傷害，從來不讓他們和外界有任何接觸，結果呢？他們長大以後——我該怎麼說呢——都有點神經兮兮。他們很容易大驚小怪，你知道我的意思吧？他們不懂得怎麼跟陌生人交朋友。這樣很不好，真的！」

「非常不好。」

「毫無疑問，柏敦夫人的出發點是好的，只是她對自己的角色過於投入了。」

「他們都住在家裡嗎？」醫生問道。

「是的。」

「兩個兒子都沒工作？」

「啊，沒有。埃爾默．柏敦很有錢。他把所有的錢都留給了柏敦夫人，供她終生使用。當然，大家都明白，這等於要她照應全家的開支。」

「這麼說，他們在經濟上都得依賴她？」

「確實如此。她也一直鼓勵他們住在家裡，不要出外謀生。或許這也沒錯，他們有的是錢，沒必要找工作。但我總覺得，不管怎麼說，工作對男人來說是很好的補品。還有一樣……他們沒有一個人有任何嗜好。他們不打高爾夫，不參加俱樂部，不出去跳舞，也不跟其他年輕人一起做任何事。他們住在偏遠鄉下一座大兵營般的房子裡，方圓好幾哩都沒有人煙。醫生，我跟你說，我認為這樣很不好。」

「我同意你的看法。」

「他們當中沒有一個人有最起碼的社會意識，完全缺乏團體精神！他們家人之間或許很親密，可是他們只守著自己的小圈圈。」

「從來沒有人想過要自求發展嗎？」

「至少我沒聽說過。他們就那樣黏在一起。」

「你認為這是他們自己的錯，還是柏敦夫人的責任呢？」

傑斐遜．柯普不安地動了動身體。

「呃，就某個方面來說，我覺得她多少有些責任。她的教育方法有問題。話說回來，年輕人長大以後就該主動脫離束縛。男孩子不該一直拴在母親的腰帶上，應該自己選擇獨立之道。」

「傑勒德醫生若有所思地說道：「他們可能做不到。」

「為什麼做不到？」

「柯普先生，有些方法可以阻止樹木的生長。」

「他們可都是健康的孩子，醫生。」

柯普瞪大眼睛。

「心智和身體一樣，都會受到壓抑和扭曲。」

「他們的心智都很健全。」傑斐遜．柯普接著說：「醫生，相信我的話，男人應該用自己的雙手掌握自己的命運。有自尊的男人應該自謀生計，做出一番事業。他不該只是五體不勤，無所事事。沒有女人會尊敬這樣的男人。」

傑勒德好奇地打量他一兩分鐘，說道：「我想，你是指那個老大倫諾思吧？」

「對，沒錯，我說的正是倫諾思。雷蒙只是個孩子，可是倫諾思已經快三十歲，該是他有所表現的時候了。」

「他妻子的生活大概也挺不容易。」

「當然不容易！娜汀是個非常好的女孩子，我對她的仰慕難以言喻。她從未發過一句怨言，可是她不快樂。醫生，她簡直不快樂到了極點！」

傑勒德點點頭。

「確實，我想這是大有可能。」

「醫生，我不知道你怎麼想，可是我認為女人的忍耐也是有個限度！如果我是娜汀，我會直接和倫諾思攤牌。要嘛他就證明自己是個男子漢，要不然……」

「要不然，你認為她應該離開他？」

「醫生，她有她自己的生活要過。如果倫諾思不能給予她應有的重視……那，總有別的男人會。」

「比如說，你自己？」

這美國人臉紅了，但隨即直視著他，目光坦直而尊嚴。

「確實如此，」他說，「我並不因為我對她的感情而慚愧。我尊敬她，深深為她所吸引。我只希望她能快樂。如果她和倫諾思在一起很快樂，我會立刻放手，自動從她的生活中消失。」

「可是事實如何呢？」

「事實並非如此，所以我才會在這裡等機會。只要她需要我，我隨時在側。」

「你真是一位 parfait gentil[5] 的武士。」傑勒德輕聲說道。

「你說什麼？我沒聽清楚。」

「親愛的柯普先生，現在只有美國才有武士精神！你不求回報，只求能為心儀的女人效力便心滿意足，真令人欽佩！你究竟想為她做什麼呢？」

「我希望她需要我的時候，我就在她身邊，隨時都能施以援手。」

「恕我冒昧問一句，柏敦夫人對你的態度如何呢？」

傑斐遜．柯普緩緩說道：「我從來就摸不透那位老太太。我剛說過，她不喜歡跟外界接觸，但她一直對我關愛有加，總是和藹可親，待我有如自家人似的。」

「事實上，她接受你和倫諾思夫人之間的友誼？」

「是的。」

傑勒德醫生聳聳肩。

「這不是有點奇怪嗎？」

傑斐遜．柯普冷冷說道：「醫生，我可以向你保證，這份友誼絕對是高尚的，是純柏拉圖式的！」

「親愛的柯普先生，我絕對相信這一點。不過，我得再說一遍，柏敦夫人竟會鼓勵這份友誼，你不覺得有點怪嗎？你知道，柯普先生，我對柏敦夫人很有興趣，非常有興趣。」

「她確實是個不同凡響的女人。她的性格非常剛強，這是她十分突出的特質。我剛說過，埃爾默．柏敦對她的判斷非常信任。」

「一定非常信任，才會讓他的孩子在經濟上完全任她擺布。柯普先生，在我們國家，這是法律所不允許的。」

柯普先生站起身。

「在美國，」他說，「我們信奉絕對的自由。」

傑勒德醫生也站起來。這句話並沒有讓他感動。他聽過許多不同國籍的人說過這種話。很多人普遍有種錯覺，以為自由是自己這個民族所獨有的特權。

傑勒德醫生比較清醒。他知道，任何民族、任何國家、任何個人都不可能絕對自由；不過他也知道，不自由的程度各有不同。

他走回房間，一路上愈想愈覺得有趣。

5　法語，意思是「完美而高貴」。

／06

莎拉．金恩站在哈拉麥許—謝瑞夫神廟的廣場，背對著「巨石之巔」，耳際回響著噴泉的飛濺聲。一小群遊客從旁邊經過，並沒有破壞這靜謐、安詳、古老的東方氛圍。

莎拉想，真奇怪，那個叫作傑布賽特的人竟會將這塊滿是岩石的山頂改造成打穀場，而大衛王竟然又用了六百個金幣將它買下，並建成一塊聖地。而現在，盈耳盡是操著不同語言的觀光客在七嘴八舌地喧嘩。

她轉過身子，看著建築在原聖祠之上的清真寺，心想，當時所羅門的廟看起來不知道有沒有現在一半漂亮。

隨著一陣雜沓的腳步聲，一小群人從清真寺裡走出來……是柏敦一家，一個滔滔不絕的翻譯員正陪著他們。倫諾思和雷蒙一左一右把柏敦夫人攙扶在中間，娜汀和柯普先生跟在後面，卡蘿走在最後。他們正要離開，卡蘿看見了莎拉。

她猶豫片刻，突然下定決心轉過身來，飛快而又無聲無息地跑過廣場。

「對不起，」她說，上氣不接下氣，「我必須……我……我覺得我必須和你說幾句話。」

「有什麼事嗎？」莎拉問道。

卡蘿渾身劇烈顫抖，臉色蒼白。

「是關於……我哥哥的事。你，你昨天晚上跟他說話的時候，一定覺得他非常沒有禮貌，可是他並不是故意的……他，他身不由己。噢，請你一定要相信我。」

莎拉覺得這整個場面荒唐極了。不但她的尊嚴，連她的好心情都受到了冒犯。為什麼一個素不相識的女孩會突然跑過來，莫名其妙地替她粗魯無禮的哥哥道歉呢？

她的回答正要脫口而出，但就在那一剎那，她的情緒突然變了。

這當中有點不尋常。這個女孩絕對是認真的。當初莎拉選擇了醫生這個職業的內在因素，當下對這女孩的舉動起了反應。她憑直覺知道，這其中大有文章。

她以鼓勵的口氣說道：「告訴我，這是怎麼回事？」

「他在火車上跟你說過話，對不對？」卡蘿開口說。

莎拉點點頭。

「對，至少我是跟他說過話。」

「噢，當然，當然是那樣。可是，你知道，昨天晚上，雷蒙害怕……」

她猛然停住。

「害怕？」

卡蘿蒼白的臉脹得通紅。

「哦，我知道這話聽起來可笑，很瘋狂。你知道，我母親……她，她身體不好，不喜歡我們在外面交朋友。可是，可是我知道，雷蒙很想……想和你交朋友。」

莎拉感到有趣了。她還沒來得及說話，卡蘿又接著說下去。

「我，我知道我的話聽起來很傻，可是我們是……是相當古怪的一個家庭。」她迅速朝四周看了看，臉上盡是恐懼。「我，我不能再說了，」她喃喃說道，「他們可能在找我了。」

莎拉下了決心，說道：「如果你願意，為什麼不留下來呢？我們可以一起走回去。」

「噢，不行。」卡蘿退後一步。「我……我不能那樣做。」

「為什麼不能？」莎拉問。

「真的不行。我母親會……會……」

莎拉以清楚而冷靜的聲音說道：「我知道為人父母者有時候很難了解並接受『孩子已經長大』的事實，他們還想繼續安排孩子的生活。可是，你知道，屈服是很可悲的！一個人必須挺身爭取自己的權利。」

卡蘿喃喃說道：「你不懂，你一點也不懂——」

她的雙手緊張地絞在一起。

莎拉緊追不捨。

「有時候，人會因為害怕發生爭執而屈服。爭執令人不快，但我覺得為了行動的自由，這是值得爭取的。」

「自由？」卡蘿瞪著她。「我們家沒有一個人有過自由，我們永遠也不會有。」

「胡說！」莎拉說道，字字清晰。

卡蘿傾身向前，碰了碰她的手臂。

「聽著，我一定要讓你明白！我母親……其實是我的繼母，結婚前是一所監獄的典獄長。我父親是州長，娶了她進門。從那以後，我們家的情況就一直如此。她始終在做她的典獄長，始終在監管我們，我們的生活就跟在監獄裡一樣。」

她再次猛然回頭四望。

「他們在找我了。我……我得走了。」

她正打算跑開，莎拉抓住她手臂。

「等一等。我們得再見面談談。」

「不行，我沒辦法。」

「可以，你一定可以，」她以權威的口吻說道，「等他們都睡著了，你到我的房間來，三一九房。別忘了，三一九。」

她鬆了手。卡蘿飛奔而去，追趕她的家人。

莎拉站在那裡，盯著她的背影。當她從沉思中回到現實的時候，發現傑勒德醫生站在她身旁。

「早安，金恩小姐。你剛才在和卡蘿．柏敦小姐談話？」

「沒錯，是極不尋常的一段談話。我這就告訴你。」

莎拉扼要地將她和女孩的談話說了一遍，傑勒德對其中一點很感興趣。

「那個老河馬，原來是個典獄長？這一點可能是個關鍵。」

莎拉說：「你是說，這就是她施行暴虐統治的原因？是職業的後遺症？」

傑勒德搖搖頭。

「不，這是從錯誤的角度看問題。這其中有種更深層的內心衝動。她並不是因為做過典獄長才喜歡當暴君。我們不如說她是因為喜歡當暴君，才去做典獄長。依我看，她之所以選擇那個職業，是出於一種渴望統治他人的私密願望。」

他的臉色十分凝重。

「人的潛意識裡埋藏著好多奇怪的東西，權力的欲望，虐待的欲望，撕扯、破壞的野蠻欲望……所有這一切都是我們種族記憶的遺物。金恩小姐，所有的殘暴、野蠻和貪欲，它們全都存活著。我們想緊緊關上門，硬是將它們排除在我們的意識之外，可是有時候……它們太強大了。」

莎拉打了個寒顫。

「我了解。」

傑勒德繼續說道：「這一切在我們周遭處處可見，在政治教條中，在各國的內外折衝中。這是人道主義的倒退，是同情、憐憫心的倒退，是兄弟情誼的倒退。那些教條有時候聽起來很感動人心——開明的政治制度、仁慈的政府——但這些教條都是強加於人，必須靠殘暴和恐懼做基礎。那些暴力的使徒正打開大門，試圖恢復往昔的野蠻，重拾舊日從殘暴中獲得的樂趣！噢，太危險了……人類只能處於岌岌可危的平衡狀態，他們有個最基本的需求，就是生存需求，走得太快和落在後面同樣足以致命。他非活下去不可！他或許必須保留一些原有的野蠻凶猛，但他不該……絕不應該將它神化！」

一陣靜默後，莎拉說道：「你認為柏敦夫人是個虐待狂？」

「我幾乎可以肯定。我想她以令人痛苦為樂；請注意，是精神上的痛苦，不是肉體上。這種情形較不常見，也難對付得多。她喜歡控制他人，喜歡讓他們受苦。」

「真是禽獸！」莎拉說。

傑勒德將自己和傑斐遜．柯普的談話告訴了她。

「他沒有察覺到這一切嗎？」她若有所思地問。

「他怎麼會察覺到？他又不是心理學家。」

「確實，他沒有我們這種討人厭的腦袋！」

「正是。他的腦袋是個正直、善良、多情、正常的美國人腦袋。他相信人是善良的，不是邪惡的。他看出柏敦一家的氣氛不對，但他認為柏敦夫人只是方法不對，對家庭卻是忠心不二，並不認為她是心存惡念。」

「她要是知道他的想法，一定會暗笑不已。」莎拉說。

「我想也是。」

莎拉語帶不耐地說：「可是他們為什麼不逃掉呢？他們可以逃啊。」

傑勒德搖搖頭。

「不，這你就錯了。他們逃不掉的。你可曾看過一個公雞的老實驗？你在地板上用粉筆畫一條線，然後將公雞的嘴放在上面。公雞以為它被綁在那兒了，因此抬不起頭來。這些可憐的人也一樣。別忘了，打從他們孩童時代，她就開始對他們施加威力，而且是心靈上的控制。她已將他們催眠，讓他們相信他們不能不聽她的。噢，我知道大部分的人會說這是胡說八道，不過你我清楚得很，她已經讓他們相信他們別無選擇，只能完全依賴她。他們已經在『監獄』裡待了太久，現在即使它的大門洞開，他們也不會注意到。他們當中至少有一個根本不再想要自由！他們每一個都害怕自由。」

莎拉問了一個現實問題。

「如果她死了，情況會如何？」

傑勒德聳聳肩。

「這得看情況而定，看她是早死還是晚死。如果她現在就死了……嗯，我想可能還不算遲。那男孩和女孩還年輕，容易受影響，我相信他們能夠成為正常人。可是對倫諾思來說，可能已經太遲了。在我看來，他已經不再抱持任何希望，他現在就像一頭沒有思想的動物一樣活著、忍受著。」

莎拉以不耐的語氣說道：「他太太應該想點辦法！她應該把他拉出來！」

「我懷疑她拉不拉得成。或許她試過，只是沒成功。」

「你認為她也受老太太擺布嗎？」

傑勒德搖搖頭。

「不，我認為老太太完全影響不了她，正因為如此，老太太非常恨她。你注意看她的眼神。」

莎拉皺著眉頭問：「我猜不透她……我是指那個大媳婦。她明白是怎麼回事嗎？」

「我認為她心知肚明。」

「嗯，」莎拉說，「那個老太婆應該被殺掉才對！我的處方是：在她的早茶中擱點砒霜。」她突然話鋒一轉，「那個小女兒怎麼樣──笑容迷人而空洞的那個紅髮女孩？」

傑勒德蹙起眉頭。

「我不知道。她有點古怪。當然，潔妮弗拉無疑是老太太的親生女兒。」

「沒錯。我想她對親生女兒應該會有所不同吧。」

傑勒德緩緩說道：「一旦權力欲和虐待欲占據了一個人的心靈，我不相信有任何人能夠幸免，即使是至親骨肉。」

他沉默片刻，接著說道：「你是基督徒嗎，金恩小姐？」

莎拉慢慢說道：「我不知道。以前我自認為什麼都不是，可是現在——我不敢說。我覺得——噢，我覺得要是我能將這一切一掃而光，」她做了一個激昂的手勢，「把所有這些建築、教派和明爭暗鬥的教堂全都掃得乾乾淨淨，我或許就能看見基督平靜的身影騎在驢背上進入耶路撒冷，那麼我就會相信有神。」

傑勒德一臉嚴肅地說：「我至少相信基督教的一個基本教義：人要甘於渺小。我是醫生，我知道野心——成功欲和權力欲——是造成人類多數心靈疾病的原因。如果這些欲望得到滿足，會導致傲慢、暴虐和最終的饜足；而如果欲望不能實現——啊！如果欲望不能實現，那所有的瘋人院便是見證！瘋人院裡擠滿了人，這些人無法面對自己平庸、無權、無力的事實，因此他們拚命逃離現實，結果一輩子便和真正的生活隔絕了。」

莎拉突然說道：「真遺憾，柏敦夫人沒被關進瘋人院。」

傑勒德搖搖頭。

「不，比那更糟的是，她並不在那些失敗者之列。她是成功的！她已實現了自己的夢想。」

莎拉打了個寒顫。她激動地叫出來。

「不該是這樣！」

07

莎拉很想知道卡蘿・柏敦當晚是否會來赴約。

大體說來，她並不抱太大希望。卡蘿早上對她透露了一些祕密，或許現在正懊悔不已。不過她還是做好準備，穿上一件藍緞便袍，取出小酒精燈，燒好開水。

時間過了午夜一點，她打算放棄了。但當她正準備上床睡覺，這時傳來了敲門聲。她打開門一看，趕緊退後一步，將卡蘿讓進屋來。

卡蘿上氣不接下氣地說：「我真怕你已經上床睡覺了……」

莎拉盡可能表現得若無其事。

「噢，沒有，我正在等你呢。要不要喝點茶？這是道地的正山小種茶。」

她遞過來一杯茶。卡蘿一直顯得神經兮兮、驚魂未定，喝了茶吃了餅乾後，這才慢慢鎮定下來。

「真是好玩。」莎拉笑道。

卡蘿似乎有點吃驚。

「是啊，」她遲疑地回答，「是，我想是很好玩。」

「很像我們以前在學校的午夜餐會，」莎拉問：「我想你沒上過學吧？」

卡蘿搖搖頭。

「沒有，我們從未離開過家。我們請家庭教師……好幾個家庭教師。她們都待不久。」

「你們從未踏出家門過嗎？」

「沒有，我們一直住在同一幢房子裡。這次出國是我們第一次出門。」

莎拉不經意說道：「這一定像一場大冒險。」

「噢，確實。好像一場夢。」

「你的繼母怎麼會想到要出國旅行呢？」

一提到柏敦夫人，卡蘿立刻面露懼色。莎拉趕緊說道：「你知道，我準備當醫生，剛拿到醫學碩士學位。你母親——應該說你的繼母——有如一個病例，讓我很感興趣。我敢說，她這種情況絕對是個病理學案例。」

卡蘿睜大眼睛，顯然這個觀點大出她的意料之外。莎拉這麼說自有她的居心。她察覺到，在這家人眼裡，柏敦夫人就像個威力強大且令人畏懼的神。莎拉的目的，就是要揭露她那令人恐懼的面目。

「是呀，」她說，「有些人會染上一種病——自大狂。他們喜歡控制別人，會變得非常專制，任何事非照他們的意思做不可。而且，他們都很難相處。」

卡蘿放下杯子。

「噢，」她喊道，「真高興能和你談談。確實，我相信雷和我都變得愈來愈古怪了。我們會因為一些小事而非常激動。」

「和外人聊聊天總是好的，」莎拉說，「天天待在家裡，人就容易緊張。」接著她像是不經意地問道：「既然你們這麼不快樂，難道沒想過要離開家嗎？」

卡蘿現出驚異的表情。

「噢，不！我們怎麼可能呢？我……我是說母親永遠都不會答應。」

「可是她攔不了你們，」莎拉溫柔地說，「你們已經成年了。」

「我二十三歲。」

「就是呀。」

「可是，就算如此，我也不知道應該怎麼辦……我是說，我不知道要去哪裡、要做什麼。」她似乎一片茫然。「你知道，」她說，「我們一毛錢都沒有。」

「你們沒有任何朋友可以投靠嗎？」

「朋友？」卡蘿搖搖頭。「噢，沒有，我們誰都不認識！」

「你們沒有一個人想過要離開家？」

「沒有，我想是沒有。噢，不是，是我們離開不了。」

莎拉換了個話題。她覺得這女孩茫然失措的模樣很可憐。

她說：「你喜歡你的繼母嗎？」

卡蘿緩緩搖搖頭，帶著畏懼低聲說道：「我恨她，雷也是。我們……我們常希望她早點死掉。」

莎拉再度轉變話題。

「談談你的大哥吧。」

「你是說倫諾思？我不知道倫諾思最近怎麼回事。他現在幾乎都不說話，整天飄來晃去的，好像在作白日夢。娜汀擔心死了。」

「你喜歡你嫂嫂嗎？」

「喜歡。娜汀不一樣，她總是和和氣氣。可是她很不快樂。」

「是因為你大哥？」

「是的。」

「他們結婚很久了嗎？」

「四年了。」

「一直住在家裡？」

「是的。」

莎拉問：「你嫂嫂喜歡這樣嗎？」

「不喜歡。」

一陣沉默後，卡蘿說道：「四年多前，我們家曾經出過一場大亂子。我剛說過，我們誰都沒有出過門……我的意思是，我們可以到庭院去，但是從未去過別的地方。可是倫諾思出去了。他在夜裡溜出門，跑到『春泉』去，那裡正在舉辦舞會。母親發現後勃然大怒，那模樣真是嚇人。後來她就請娜汀來和我們同住。娜汀是我父親的一個遠房親戚，很窮，正在醫院受訓準備當護士。她和我們一起住了一個月。你無法想像，有人來和我們同住，我們有多高興！後來她和倫諾思相愛了。母親說他們最好結婚，繼續和我們住在一起。」

「娜汀願意嗎？」

卡蘿遲疑了一會。

「我想她不是非常願意，不過她當時並沒有很在意。後來她想離開，當然是和倫諾思一起走——」

「可是他們沒走成？」莎拉問。

「沒有。母親聽都不要聽。」

卡蘿頓了頓，接著又說：「我想，從那以後，她就不再喜歡娜汀了。娜汀很有趣，你永遠不知道她在想什麼。她想幫助潔妮，母親對此很不高興。」

「潔妮是你的小妹？」

「是的。她的真名叫潔妮弗拉。」

「她……難道也不快樂？」

卡蘿疑惑地搖搖頭。

「潔妮最近很奇怪，我不知道她是怎麼了。你知道，她一直都很嬌弱，母親又老是為她大驚小怪，她的情形因此每下愈況。最近潔妮真的非常怪，她有時候會讓我覺得害怕，她……她有時候腦筋並不清楚。」

「她去看過醫生嗎？」

「沒有。娜汀希望她去，可是母親不准，潔妮就變得歇斯底里，時常尖聲大叫，說她不要看病。可是我真替她擔心。」

說完，卡蘿突然站起來。

「我不該讓你熬夜的。謝謝你請我來聊天。你一定認為我們這家人很古怪。」

「噢，其實每個人都有古怪之處，」莎拉輕描淡寫說道，「有空再來坐，好嗎？如果你願意，帶你哥哥一起來。」

「真的可以嗎？」

「當然，我們來進行一點祕密活動。我還想讓你見見我的一位朋友，傑勒德醫生，他是一個非常好的法國人。」

卡蘿雙頰泛起紅暈。

「噢，聽起來好好玩。只要母親不發現就好了！」

莎拉本想嘲諷幾句，總算按捺住而改口說道：「她怎麼會發現呢？晚安！我們說好明天晚上同一時間，好嗎？」

「噢，好的。你知道，後天我們可能就要離開這裡了。」

「那我們就說定了明天見。晚安。」

「晚安……謝謝你！」

卡蘿走出房間，無聲無息地穿過走道。她的房間在樓上。她走到門口，一打開門，人就愣住了，全然驚惶失措的模樣。柏敦夫人身著一襲深紅羊毛睡袍，坐在壁爐前的一張扶手椅上。

卡蘿發出一聲低呼。

「噢！」

那雙小而黑的眼瞳直直鑽進她的眼眸。

「你上哪兒去了，卡蘿？」

「我……我……」

「你去哪兒了？」

她低沉而嘶啞的嗓音有一種奇異的威懾力，總會讓卡蘿感到無可言喻的恐怖且心跳加快。

「去見一位金恩小姐——莎拉．金恩。」

「就是那天晚上和雷蒙說話的女孩？」

「是的，母親。」

「你打算跟她再見面嗎？」

卡蘿的雙唇無聲地抖動著。她點點頭，承認了。恐懼，如巨浪一般的恐懼，狠狠向她打來，令她一陣眩暈……

「什麼時候？」

「明天晚上。」

「你不能去！明白嗎？」

「明白，母親。」

「你保證？」

「是的……是的。」

柏敦夫人掙扎著想站起身。卡蘿機械似地趨前幫她。柏敦夫人拄著拐杖，慢慢走過房間，她在門口停下腳步，回頭看著那畏畏縮縮的女孩。

「以後不能再跟這位金恩小姐來往，明白嗎？」

「明白，母親。」

「再說一次。」

「我不能再和她來往。」

「好。」

柏敦夫人走出房間，把門帶上。

卡蘿慢慢走向臥室，步履僵硬。她覺得想吐，渾身麻木，好像已不屬於自己。她倒在床上，突然痛哭起來，渾身顫抖。

不久前，一幅美好的前景才剛在她面前展開……滿是陽光、樹木和鮮花的美景，誰知轉瞬間，四面黑牆竟再度圍住了她。

08

「我能跟你說句話嗎？」

娜汀．柏敦吃驚地轉過身子，發現自己眼前是一位完全陌生的年輕女子。這位小姐皮膚微黑，一臉熱切。

「噢，當然可以。」

但在她說話的同時，連她自己都沒意識到，她朝身後投去緊張而迅速的一瞥。

「我叫莎拉．金恩。」對方接著說道。

「噢，有什麼事嗎？」

「柏敦太太，我要對你說一件你會覺得奇怪的事。有一天晚上，我和你的小姑有過一番長談。」

娜汀．柏敦臉上的寧靜似乎被一陣淡淡的暗影擾動了。

「你和潔妮弗拉談過話？」

「不，不是和潔妮弗拉；是和卡蘿。」

暗影消失了。

「噢，原來如此。是卡蘿。」娜汀．柏敦似乎又高興又吃驚。「你怎麼辦到的？」

莎拉說：「她到我的房間來……半夜的時候。」她看見娜汀白皙的額頭微微挑起兩道細眉。她有點尷尬地說：「我想你一定覺得很奇怪。」

「不，」娜汀．柏敦說，「我非常高興，真的很高興。卡蘿能有個朋友聊聊天，那真是太好了。」

「我們相談甚歡，」莎拉盡量字斟句酌。「事實上，我們還約好第二天晚上再見面。」

「所以呢？」

「可是卡蘿沒來。」

「是嗎？」

娜汀聲音很冷靜，聽得出她在沉思。而從她寧靜、溫柔的臉上，莎拉什麼也看不出來。

「她沒來。昨天她穿過大廳時，我對她說話，她不理我，只看了我一眼就別開眼神，急急忙忙走掉了。」

「原來如此。」

一陣靜默。莎拉發現自己很難再說下去。

這時娜汀開口了。
「我很抱歉。卡蘿是個很神經質的女孩。」
又是靜默。莎拉鼓起勇氣說道：「你知道，柏敦太太，我準備當個醫生。我想，你小姑如果不是……不是這麼自閉於人群之外，對她會有好處。」
娜汀．柏敦若有所思地看著莎拉。
她說：「我明白了。你是醫生，那就不一樣了。」
「你知道我的意思嗎？」莎拉追問道。
娜汀低下頭，依舊沉思著。
「當然，你說得很對。」停了一兩分鐘後，她才說道：「可是這有些困難。我婆婆身體不好，她對任何想打入她家庭圈子的外人都有一種……我只能說，有一種病態的厭惡。」
莎拉不服氣地說：「可是卡蘿已經是成年人！」
娜汀．柏敦搖搖頭。
「其實不然，」她說，「她的身體已經成熟，可是心智卻未必。你和她交談過，一定注意到了這一點。出現緊急情況時，她總像個被嚇壞的孩子。」
「你認為這就是她沒來的原因嗎？你認為她……嚇壞了？」
「金恩小姐，我想像得到，一定是我婆婆要求卡蘿別再和你來往。」
「所以卡蘿就屈服了？」

娜汀・柏敦平靜地說：「你認為她有可能不屈服嗎？」

兩個女人四目相接，莎拉感覺到，在這段尋常對話的面具下，她們是彼此了解的。她覺得娜汀對他們的處境很清楚，但顯然不打算進行任何討論。

莎拉很是氣餒。那天晚上，她似乎已打了一半的勝仗。她認為透過祕密見面的方式，她可以向卡蘿灌輸反抗意識……對雷蒙也是。（捫心自問，一直以來，她心中真正想著的不就是雷蒙嗎？）可是現在，第一輪戰役才剛上場，她就被那對眼神嘲諷而邪惡的巨大肉球給屈辱地擊敗了。卡蘿已經不戰而降。

「這樣完全不對！」莎拉叫道。

娜汀沒有回答。莎拉終於明白了她沉默的意義，而這等於在她心上澆了一盆冰水。她想：「這個女人比我更明瞭絕望的感覺，那是她生活的一部分！」

電梯門打開，柏敦夫人走了出來。她倚在一根拐杖上，雷蒙從另一邊扶住她。

莎拉微微一驚，她看見老太太的眼睛從她身上掃到娜汀，又掃回到她身上。她以為自己會在那對眼睛裡看到嫌惡，甚至仇恨，沒想到她看到的是勝利而又惡毒的滿足。莎拉別過頭去。

娜汀走上前，加入了婆婆和小叔。

「原來你在這兒，娜汀，」柏敦夫人說，「我要坐下來歇一會兒再出去。」

他們將她安頓在一張高背椅上坐好。娜汀在她身旁坐下。

「你剛才在跟誰說話，娜汀？」

「一位金恩小姐。」

「哦，就是那天晚上跟雷蒙說話的女孩。我說，雷，你為什麼不過去跟她說說話？她就在那兒，寫字桌旁。」

老太太一面看著雷蒙，一面張大嘴，露出惡毒的笑容。他的臉紅了，頭偏到一邊，喃喃說了什麼。

「你說什麼，兒子？」

「我不想跟她說話。」

「我想也是。你不能跟她說話，不管你心裡有多想都不行！」

她突然一陣咳嗽，哮喘性的咳嗽。

「這趟旅行我真開心，娜汀，」她說，「拿什麼給我我都不換。」

「是嗎？」

娜汀的聲音毫無感情。

老太太說：「雷。」

「什麼事，母親？」

「去給我拿一張記事紙來。角落的桌子上有。」

雷蒙順從地走過去。娜汀抬起頭。她不去望那男孩，而是望著老婦。柏敦夫人身體前傾，興奮得鼻孔怒張。雷蒙從莎拉身旁走過。她抬起頭，臉上頓時浮現出希望。但他只是擦肩而過，從盒子裡取了幾張記事紙，又穿過房間走回去。希望破滅了。

他再度回到家人身旁，前額上滿是豆大的汗珠，臉色一片死白。

柏敦夫人一面端詳著他的臉，一面輕聲說道：「啊……」

這時她發覺娜汀的目光正緊盯著自己，那種眼神令她不禁怒從中來。

「今天早上柯普先生哪兒去了？」她問。

娜汀垂下雙眼，以溫順而不帶感情的聲音說道：「不知道，我還沒見到他。」

「我喜歡他，」柏敦夫人說，「我很喜歡他。我們應該和他多見面。你喜歡這樣，對不對？」

「對，」娜汀說，「我也很喜歡他。」

「倫諾思最近是怎麼了？他好像沒精打采的，也不說話。你們倆沒有鬧彆扭吧？」

「噢，沒有，怎麼會呢？」

「很難說，夫妻不見得都能同心同德。或許，你們兩個自己住會比較快樂吧？」

娜汀沒說話。

「你覺得這個主意怎麼樣？你喜歡嗎？」

娜汀搖搖頭，笑答道：「我想您不會喜歡，母親。」

柏敦夫人眼皮連眨了幾眨。她以尖刻而怨毒的口氣說道：「你總是跟我作對，娜汀。」

年輕媳婦的回答一派冷靜。

「您這樣想，我覺得很遺憾。」

老婦的手握緊拐杖，臉色似乎更顯鐵青了。

她換了一種口氣說道：「我忘了拿藥水。娜汀，你去幫我拿來。」

「好。」

娜汀站起身，穿過大廳，走向電梯。柏敦夫人望著她的背影。雷蒙軟弱無力地窩在一張椅子裡，呆滯的目光隱隱流露出痛苦。

娜汀上了樓，經過走道，進入房間的小客廳。倫諾思坐在窗邊，手上拿著一本書，可是並沒有在讀。娜汀進屋後，他才從思緒中驚醒過來。

「嗨！娜汀。」

「我上來拿母親的藥水。她忘了拿。」

娜汀走進柏敦夫人的寢室。她從盥洗台上一個瓶子裡仔細量好一劑的分量，倒入一個小藥杯，加滿水。再度穿過小客廳時，她停下腳步。

「倫諾思。」

過了好一陣子他才答話。她的叫喚似乎飄了一段長路才到達他那裡。

他說：「對不起。什麼事？」

娜汀．柏敦小心地將杯子放在桌上，走過去站在他身旁。

「倫諾思，你看那陽光……那裡，窗子外面。你看看，生活可以是很美好的。我們可以走出去享受這種生活，而不是枯坐在這裡看著窗外。」

又是一陣靜默。接著他說：「對不起。你想出去嗎？」

她立刻答道：「是的，我想出去，和你一起出去，走到陽光裡，走進生活裡，真真正正的生活……就我們兩個。」

他縮回椅子裡，眼神流露出不安，有如被追趕的獵物。

「娜汀，親愛的，我們非得再提這件事不可嗎？」

「沒錯，我們非提不可。我們走吧，找個地方，去過我們自己的生活。」

「怎麼可能呢？我們沒有錢。」

「我們可以賺錢。」

「怎麼賺？我們能做什麼？我又沒有一技之長。現在成千上萬的男人……有資格、有技術的男人都找不到工作。我們會活不下去。」

「我可以賺錢養活我們兩個。」

「親愛的，你連護士資格都沒拿到呢！沒有希望，不可能的。」

「不，我們現在的生活才是難以忍受、毫無希望。」

「別胡說。母親對我們很好，她讓我們過著奢侈的生活。」

「但就是沒有自由！倫諾思，振作起來，現在就跟我走，今天就走——」

「娜汀，你瘋了！」

「不，我很正常，絕對、完全的正常。我要和你一起在陽光下過自己的生活，而不是在一個老女人的陰影裡窒息而死。這個老女人是個暴君，她以製造你們的不快樂為樂！」

「母親或許專制……」

「你母親是個瘋子！她不正常！」

他的回答依舊是溫吞吞的。

「不對，她的頭腦好得很。」

「或許吧。」

「娜汀，你應該想到，她不可能活太久了。她上了年紀，身體又不好。她一死，父親的錢就由我們幾個平分。你記得她給我們唸過的遺囑吧？」

「等到那時候，」娜汀說，「可能已經太晚了。」

「太晚了？」

「太晚了！不可能有幸福了……」

倫諾思喃喃說道：「太晚了，不可能有幸福了。」

他突然渾身顫抖。娜汀靠近他，將手放在他肩上。

「倫諾思，我愛你！這是我和你母親之間的一場戰爭。你站在她那邊還是我這邊？」

「你這邊，你這邊！」

「那就照我說的做。」

「那是不可能的！」

「不，不是不可能。想想看，倫諾思，我們可能生小孩……」

「母親希望我們有小孩，她說過了。」

「我知道，可是我不願意把孩子帶到這個世界來，讓他們像你們一樣活在陰影下。你母親可以控制你，但她可管不了我。」

倫諾思喃喃說道：「你常常惹她生氣，娜汀，這樣很不聰明。」

「她生氣，那是因為她知道她無法控制我的心靈、左右我的思想。」

「我知道你對她總是溫柔有禮。你真好，我配不上你，永遠都配不上你。你答應嫁給我的時候，我簡直不敢相信，好像作夢一樣。」

娜汀平靜地說：「我嫁給你是犯了一個大錯。」

倫諾思絕望地說道：「確實，你嫁錯人了！」

「你沒聽懂我的意思。我是說，如果那時候我就離開，要你跟著我走，你一定會聽我的話。是的，我相信你一定會。可是我那時太傻了，沒有看清你母親和她的真正意圖。」

她頓了頓，接著說道：「你不願意跟我走。好吧，我強迫不了你。可是，我有離開的自由！我想，我想我要走了……」

他難以置信地抬起頭看著她，頭一次立刻做出回答，好像崎嶇的思路終於暢通了。他結結巴巴說道：「可是……可是你辦不到啊，母親……母親不會答應的。」

「她攔不住我。」

「你沒有錢。」

「我可以去賺、去借、去討、去偷。倫諾思，你要明白，你母親管不了我！我要走要留，全憑我自己高興。這樣的生活我已經受夠了。」

「娜汀，不要離開我，不要離開我……」

她若有所思、一語不發地看著他，臉上的表情捉摸不透。

「不要離開我，娜汀。」

他說話的口氣像個孩子。她別過頭去，不讓他看見突然湧入她眼眸中的痛楚。

她在他身邊跪下來。

「那就跟我一起走，跟我一起走！你做得到的。真的，只要你願意，你做得到的！」

他從她身邊縮了回去。

「我做不到！我做不到！我沒有……上帝幫助我，我沒有勇氣……」

09

傑勒德醫生走進城堡旅行社的辦公室，發現莎拉·金恩正站在櫃檯前。她抬起頭來。

「嗨，早安。我正在安排去佩特拉的行程。我剛聽說，你終於也決定去了。」

「沒錯，我發現我的時間正好接得上。」

「太好了。」

「不知道會不會有很多人同行？」

「他們說還有兩位女士，再就是你跟我，一部車就坐得下。」

「真令人開心。」

傑勒德醫生說完，微微點一點頭就去辦他的事了。

不久，他手上拿著郵件，在莎拉步出旅行社之際趕上了她。這是個晴朗、乾燥的一天，空氣中有一絲涼意。

「我們的朋友——柏敦一家有什麼新發展嗎？」傑勒德醫生問道。「我剛從伯利恆、拿撒勒這些地方回來，一共去了三天。」

莎拉不情不願地將她試圖和他們交往的失敗經過緩緩道出。

「總而言之，我輸了，」她下了結論。「他們今天就要離開了。」

「去哪裡？」

「不知道。」

接著她面帶慍怒地說道：「我覺得自己像個大傻瓜！」

「怎麼說？」

「跑去管別人家的閒事。」

傑勒德聳聳肩。

「這要看你從什麼觀點來看。」

「你是說，人究竟應不應該多管閒事這件事？」

「對。」

「你會管別人的閒事嗎？」

這法國人似乎覺得有趣。

「你是說，我是否有管別人閒事的習慣？坦白告訴你，沒有。」

「那麼你認為我這樣多管閒事是不對的了？」

「不，不，你誤解我的意思了。」傑勒德立刻說道，「我認為這是一個值得討論的問題。如果一個人看見別人在做一件錯事，他應該去糾正嗎？他的干預或許會有好處，但也可能帶來難以估量的傷害！就這個問題而言，我們毫無規則可尋。有些人有管閒事的天賦，他們做來得心應手！有些人則是礙手礙腳，還不如不管為妙！還有一個年齡的問題。年輕人因為有理想和信念，所以勇氣十足，他們的價值觀是理論重於現實，他們還沒有感受過事實和理論衝突的經驗！如果你相信自己，相信你的所作所為是正確的，那麼你往往能完成一些有意義的事！（順帶說一句，也往往造成莫大的傷害！）話說回來，中年人經驗豐富，他們已經知道試圖干預或許帶來好的結果，也可能造成傷害，而且弄巧成拙的情況更是常見。因此他們卻步不前，這是非常聰明的。所以，結果不相上下，熱情的年輕人既造成好處又造成傷害，而謹慎的中年人既無作為又無傷害。」

「你說了一大堆，根本沒幫上什麼忙。」莎拉抗議道。

「一個人到底能不能幫上別人的忙？這是你的問題，不是我的。」

「你的意思是，對於柏敦一家，你是打算坐視不管了？」

「對。在我看來，我也管不了。」

「那麼我也沒有成功機會了？」

「至於你，倒是可能管得成。」

「為什麼？」

「因為你有特殊的條件。你年輕，具有性的吸引力。」

「性？噢，我明白了。」

「一切總會回歸到性，對不對？你對那女孩勸誘失敗，並不表示你對她哥哥也會失敗。從你剛才轉述卡蘿的話來看，柏敦夫人的獨裁統治顯然還存在著一個威脅。大兒子倫諾思在剛成年的時候，拜青春力量之賜反抗過她。他從家裡逃出去，參加當地的舞會。男人尋找配偶的欲望戰勝了催眠的符咒。可是，這位老太太深知性的力量（在她一生中勢必見識不少），她採取了一個聰明的對策，把一個漂亮但身無分文的女孩帶回家，鼓勵他們結婚，於是她又多了一名奴隸。」

莎拉搖搖頭。

「我可不認為娜汀是奴隸。」

傑勒德同意她的看法。

「對，她可能不是。因為她是一個沉靜、溫順的年輕女孩，所以柏敦夫人低估了她意志和性格的力量。當時娜汀．柏敦也太年輕，缺乏經驗，沒能看清形勢。如今她看清了，但為時已晚。」

「你認為她已放棄希望了嗎？」

傑勒德醫生不以為然地搖搖頭。

「就算她有什麼計畫，也不會有人知道。你知道，柯普先生也可能和此事有關。男人天生就是嫉妒心強的動物……嫉妒是一種強大的力量。倫諾思現在雖然深陷於休眠狀態，依然有可能會被喚醒。」

「是的。」

「你認為，」莎拉刻意讓自己的語調聽來就事論事而專業。「我或許可以幫助雷蒙？」

莎拉嘆了口氣。

「我想我本來可以試試。唉，不管怎樣，現在已經遲了。再說，我也不喜歡這想法。」

醫生又露出有趣的表情。

「這是因為你是英國人。英國人對於性有種矛盾情結。他們認為性不是什麼好事。」

莎拉臉上出現憤怒的表情，可是他不為所動。

「是，是，我知道你很前衛，你在公共場合即使使用了字典裡最不雅的詞彙，你也用得怡然自在；我也知道你是專家，完全沒有任何偏見。但是，我要再說一遍，你擁有和你母親、祖母同樣的表面特質。雖然你不至於臉紅，但你仍然是個害羞的英國小姐。」

「真是聞所未聞的胡說八道！」

傑勒德醫生眼中閃過一絲笑意，依然四平八穩地說道：「而這使得你更具魅力。」

這回莎拉無言以對。

傑勒德醫生匆匆拿起帽子。

「我得走了，」他說，「在你未及把心中所想一股腦傾倒出來之前。」

說完他便逃進了旅館。

莎拉放慢腳步跟在他後面。

旅館裡熱鬧得很。幾部裝滿行李的車正要離去。倫諾思夫婦和柯普先生在一輛大轎車旁邊監看著。一位胖胖的翻譯員正以異常流利的英語和卡蘿站著交談。

莎拉從他們身旁經過，走進旅館。

柏敦夫人裹著一件厚外套，坐在一張椅子裡等候出發。莎拉望著她，渾身湧起一股奇異的厭惡。她就是覺得柏敦夫人是個邪惡的人物，是惡魔邪靈的化身。

而這一剎那，她突然看到了這個老婦病態、軟弱、可悲的一面。她生來就有強烈的權力欲、統治欲，到頭來卻只能在家中施行一點小小的暴君統治。但願她的孩子能看到莎拉現在所看到的形象：一個可憐、愚蠢、惡毒、病態、軟弱無力、裝腔作勢的老太婆。一時衝動之下，莎拉向她走去。

「柏敦夫人，再見，」她說，「希望你旅途愉快！」

老太太看著她，雙眸中流露出不知是惡意還是震驚的眼神。

「你一直故意對我非常無禮。」莎拉說道。

她在心中暗忖，我是不是瘋了？怎麼會這樣講話？

「你一直阻撓你的兒女跟我交朋友。你不覺得這麼做非常愚蠢而幼稚嗎？你喜歡把自己弄得像個魔鬼，其實你既可憐又可笑。如果我是你，我會停止這種愚不可及的戲碼。我這麼說，你一定會很恨我，但這是我的真心話，也希望你能聽進去幾句。你知道，你還是可以活得很快樂。對人和善、仁慈，生活會美好得多。只要你肯努力，你做得到的。」

一陣靜默。

柏敦夫人死屍般僵坐在那裡，一動也不動。終於，她伸出舌頭舔了舔乾燥的嘴唇，張開嘴。可是過了好一陣，她還是什麼也沒說。

「說吧，」莎拉鼓勵她。「說出來！你對我說什麼都沒關係。但是，請好好想想我對你說的話。」

柏敦夫人終於以低沉、嘶啞、卻尖利如刺的聲音開了口。她毒蛇般的目光並沒有對著莎拉，而是越過莎拉的肩，看著她的身後。好像她不是在對莎拉講話，而是在對某個熟悉的鬼魂說話。

「我的記性特佳，」她說，「你可得記住。我從來沒忘記過任何事情，任何行為、任何名字、任何一張臉，我都不會忘記……」

這些話本身並無意義，可是老婦人說話時的殘忍口吻讓莎拉不禁倒退一步。接著老太太笑了，絕對是那種令人毛骨悚然的笑。

莎拉聳聳肩。

「你這可憐的老東西。」

她轉身朝電梯走去，和雷蒙．柏敦幾乎迎面撞上。出於一時衝動，她立刻開口說道：

「再見。祝你玩得開心！說不定以後我們還有機會見面。」

她衝著他溫暖友好地一笑，隨即快步走開。

雷蒙站在原地一動不動，彷彿化成了石頭。他兀自沉浸在自己的思緒中，以至於一個蓄著濃密八字鬍的矮小男人想擠出電梯時，不得不連說幾聲「請讓一下」。

雷蒙總算回過神來，讓到一邊。

「真對不起，」他說，「我……我在想事情。」

卡蘿向他走來。

「雷，你去把潔妮找來好嗎？她回房間去了。我們馬上就要出發了。」

「好，我去找她，要她馬上來。」

雷蒙走入電梯。

赫丘勒．白羅在他身後佇立片刻，目送他離去。白羅揚起眉頭，腦袋微側，彷彿在凝神傾聽。

他若有所悟地點了點頭。穿過大廳時，他對已走到母親身邊的卡蘿仔細打量了一番，隨後，他點頭把正好經過身旁的侍者領班招了過來。

「對不起，你能告訴我那邊那些人的名字嗎？」

「先生，那家人姓柏敦，是美國人。」

「謝謝。」赫丘勒．白羅說。

三樓上，正要回房的傑勒德醫生和正朝著電梯走去的雷蒙、潔妮弗拉擦肩而過。就在走進電梯的那一剎那，潔妮弗拉突然說：「等一下，雷，在電梯裡等我一下。」

她往回跑，轉過走道拐角，趕上了醫生。

「請等一下，我有話對你說。」

傑勒德醫生訝異地抬起頭。

女孩走近他，拉住他的臂膀。

「他們要把我帶走。他們可能會殺了我……我跟他們其實並不是一家人，我不姓柏敦……」她說得又急又快，連珠炮一般。「我把祕密告訴你。我是，我是皇室成員，真的，我是王位繼承人，所以，我的周圍布滿了敵人。他們想毒死我，用各式各樣的辦法……如果你能幫助我逃走……」

她突然打住。一陣腳步聲傳來。

「潔妮——」

女孩像是突然驚了一下，那模樣很美。她將食指抵在唇邊，用懇求的目光看了傑勒德一眼，跑走了。

「我就來，雷。」

傑勒德醫生挑著眉毛，繼續往前走。他緩緩搖搖頭，皺起眉頭。

／10

這是莎拉啟程前往佩特拉的早晨。

莎拉下了樓，看到一個長著木馬鼻子、頤指氣使的大塊頭女人。莎拉先前在旅館的大門口看過她。這會兒，她正在強烈抗議車子太小。

「太小、太小了！四個乘客？外加翻譯員？當然得要一台大得多的車。請把那車弄走，換一輛大小合適的車來。」

城堡旅行社的代表高聲解釋，可是無濟於事。他告訴那女人，他們一向提供這種大小的車，這種車真的很舒適，大型車並不適合沙漠旅行。可是那個大塊頭女人——我們不妨打個比方——就像是一台蒸汽軋路機，把他給輾平了。

接著，她的注意力轉向莎拉。

「你是金恩小姐吧？我是韋斯索姆夫人。我相信你一定同意我的看法，那輛車絕對是太小了。」

「這個——」莎拉含蓄地說，「我想，大一點是會舒服些。」

城堡旅行社的年輕人咕噥說，要坐大車得加錢。

「交通費，」韋斯索姆夫人說，「是包括在旅費裡的，我絕對一分錢都不加。你們的廣告寫得清清楚楚：『提供舒適的轎車』。你們得遵守約定。」

旅行社的年輕人知道自己已經是手下敗將，便嘀咕要他去想想辦法，接著便悻悻然地走了。

韋斯索姆夫人轉向莎拉，飽經風霜的臉上露出勝利的笑容，紅色的大木馬鼻孔也因興奮而張得老大。

韋斯索姆夫人在英國政界非常有名。韋斯索姆爵士是個頭腦簡單的中年貴族，他生活中唯一的樂趣就是狩獵、射擊和釣魚。有一回他從美國乘船回英國，同船的乘客中有一位范西塔特太太，不久她就成了韋斯索姆爵士的夫人。每當大家談起航海旅行的危險，常會舉這樁婚姻為例。韋斯索姆的新任夫人成天穿著粗呢衣服和結實的厚底皮鞋，不是忙著養狗、欺凌鄉人，就是強迫她丈夫參加公眾活動。不過當她意識到政治不是也永遠不會是韋斯索姆爵士生命中的全部時，她便寬宏大量地讓他重拾昔日的體育運動，自己出馬參選國會議員。在以壓倒性的多數高票當選後，她滿懷著熱情投身政治生涯，在內閣成員答覆議員質詢時表現尤其積極。坊間不久便出現了她的漫畫（這一向是功成名就者的印記）。作為公眾人物，她鼓吹傳統的家庭價值觀，爭取婦女的福利，也熱心支持國際聯盟，對於農業、住宅和解決貧民窟的問題也都自有定見。不少人尊敬她，但幾乎人人都討厭她。一旦她所屬的政黨重新掌權，她極有可能會被任命為副部長。至於目前，由於工黨和保守黨之間出現了分裂，自由黨遂出人意表地掌握了政權。

韋斯索姆夫人帶著陰森的滿意神情目送小車遠去，口中說道：「男人老以為他們可以欺侮女人。」

莎拉心想，要是哪個男人膽敢認為自己可以欺侮韋斯索姆夫人，這人一定吃了熊心豹子膽。她為剛步出旅館的傑勒德醫生做了介紹。

「當然，久仰大名，」韋斯索姆夫人一面和傑勒德醫生握手一面說，「前兩天我還在巴黎和錢特努教授談過話。最近我正致力於無收入精神病患的治療問題，我真的非常投入。我們是不是進旅館裡去等車？」

一位個頭嬌小、很不起眼的中年女人在附近徘徊，頭上幾綹灰白。原來是阿瑪貝爾．皮爾斯小姐，是一同前往佩特拉的第四位旅客。她也在韋斯索姆夫人的護蔭下，被趕進了大廳。

「你是職業婦女吧，金恩小姐？」

「我剛拿到醫學碩士學位。」

「很好，」韋斯索姆夫人以居高臨下的姿態表示肯定。「記住我的話，任何事情要獲致成果，一定是完成在女人手上。」

莎拉生平頭一次為自己的性別感到尷尬。她順從地跟在韋斯索姆夫人後面，找了張椅子坐下。

大夥兒坐著等車時，韋斯索姆夫人告訴大家，某個行政首長邀請她於耶路撒冷逗留期間到他家去住，被她拒絕了。

「我不想受到官方干擾。我希望自己進行巡視。」

「巡視些什麼？」莎拉感到好奇。

韋斯索姆夫人繼續解釋，她之所以住在所羅門旅館，就是為了行動自由，不受干擾。她又說，她已向旅館經理提出幾項建議，有助於他經營旅館。

「效率，」韋斯索姆夫人說，「就是我的人生圭臬。」

看來確乎如此。約莫一刻鐘不到，一輛又大又舒適的車就來了。在韋斯索姆夫人就行李該如何擺放提供了不少建議之後，一行人準時出發了。

他們停留的第一站是死海。在耶利哥城用過午餐後，韋斯索姆夫人手裡揣著一本旅行指南，跟皮爾斯小姐、醫生和胖翻譯員一同去參觀這個古城，莎拉則留在旅館的花園裡。她有點頭痛，想獨處一會兒。她感到一股難以解釋、沉重而巨大的沮喪。她突然覺得無精打采，對什麼都提不起興致，既不想去觀光，對同行的旅伴也感到厭煩。一時之間，她很後悔這次的佩特拉之行。它花費不菲不說，而且一定不會玩得開心。韋斯索姆夫人雷鳴般的聲音、皮爾斯小姐的喋喋不休、翻譯員對返巴計畫的抱怨連連，令她疲憊不堪。她對傑勒德醫生那副彷彿洞知她心事並為此自鳴得意的神態，也感到同樣嫌惡。

她想知道柏敦一家現在到了什麼地方。或許他們已經去了敘利亞，或許正在巴貝克或是大馬士革。雷蒙……她想知道雷蒙現在在做什麼。真奇怪，她竟能清楚看見他的臉，那種熱切的表情，那種缺乏自信、神經質的緊張……

哦，該死！自己可能再也見不到這些人了，為什麼還要想他們呢？她又想起那天她和老太太之間發生的那一幕……真是鬼迷了心竅，她才會那樣昂著頭走到老太太面前，滔滔不絕地胡說八道一通。一定有人聽到了。她覺得韋斯索姆夫人當時好像就在附近。莎拉極力回想她當時究竟說了什麼……聽起來一定歇斯底里得很。老天，她真是出了個大洋相！但這其實不是她的錯，是柏敦夫人的錯，她身上有些特質能讓人失去常理。

傑勒德醫生走進來，一屁股坐進一張椅子，開始擦拭額頭上的汗。

「呵！那女人真該被毒死！」他大剌剌說道。

莎拉嚇了一跳。

「柏敦夫人？」

「柏敦夫人？不，我是說韋斯索姆夫人！結婚這麼多年，居然還沒被她丈夫毒死，真是不可思議。他——那個丈夫——到底是什麼做的？」

莎拉笑了。

的欲望。」

「哦，他是『狩獵、釣魚、射擊』那種人。」她解釋道。「從心理學的角度來看，這是非常健康的！他在所謂的低級生物身上，滿足自己殺戮的欲望。」

「我相信他頗以妻子的活動能力為榮。」

法國醫生提出一種可能性。

「那是因為這些活動可以讓她常常不在家吧？這是可以理解的。」他又說，「你剛才說什麼來著？柏敦夫人？毒死她，這無疑也是個好主意。無可否認，這是解救這家人的好辦法。事實上，很多女人都該被毒死。所有上了年紀的醜女人都該被毒死光光。」

他做了個表情豐富的怪相。

莎拉笑著說道：「噢，你們這些法國人！在你們眼裡，除了年輕漂亮的小姐，其他女人一無是處！」

醫生聳聳肩。

「我們只是比較誠實罷了，如此而已。英國人在地鐵和火車上，也不會讓座給醜女人，絕對不會。」

「生活真令人洩氣。」莎拉說著嘆了口氣。

「這你可不用嘆氣，小姐。」

「唉，我今天心情壞透了。」

「那是當然。」

「當然？你是什麼意思？」莎拉立刻還擊。

「只要你誠實地想想自己的心理狀態，就能輕易找到原因。」

「我想是我們的同伴令我覺得沮喪，」莎拉說，「很糟糕，對不對？我真是討厭女人。皮爾斯小姐那樣溫吞、愚蠢的女人讓我生氣，而韋斯索姆夫人那種講求效率的女人更令我火冒三丈。」

「無可否認，這兩人一定會讓你覺得懊惱。韋斯索姆夫人過著如魚得水的生活，家庭幸福，事業有成。皮爾斯小姐多年來一直在幼稚園當老師，因為突然得到一小筆遺產，終於實現她多年的心願出來旅行，目前為止，她也算是夙願得償。而你才剛經歷挫折，未能遂你所願，自然會討厭身邊這些生活比你成功的人。」

「我想你說得對，」莎拉沮喪地承認。「你把別人的心思看得一清二楚，真是可怕。我一直企圖欺騙自己，但你就是不肯讓我如願。」

這時其他人都回來了。翻譯員似乎是三人之中最累的一個。他已經被馴化得服服貼貼，去安曼的一路上幾乎完全沒有開口講解，甚至閉口不提猶太人。對這一點，大家都很高興。自耶路撒冷之行以來，他一直滔滔不絕、近乎瘋狂地大罵猶太人怎般邪惡，已經弄得人人心煩意亂。

道路自約旦河畔蜿蜒而上，峰迴路轉。路旁夾竹桃叢中點綴著一些玫瑰色的花朵。他們傍晚時分才到達安曼，走馬看花參觀了希臘羅馬式劇院後，很早就上床休息了。

第二天他們一早就得出發，坐車穿越沙漠到馬安要一整天的時間。所以八點剛過，他們就啟程了。一行人都很沉默。天氣很熱，沒有一絲風動，中午停下來野餐時，更是悶熱無比。大熱天裡還得和另外三人緊緊挨在一起，每個人不免都有點心煩意亂。

韋斯索姆夫人和傑勒德醫生就國際聯盟的論辯動了點火氣。韋斯索姆夫人是國際聯盟的狂熱支持者，法國醫生則故意對聯盟調侃有加。他們從聯盟對待阿比西尼亞[6]和西班牙的態度，爭論到莎拉聞所未聞的立陶宛邊境之爭，又爭論到聯盟在鎮壓販毒幫派方面所採取的行動。

「你得承認，他們的工作做得很好，非常之好！」韋斯索姆夫人大聲說道。

傑勒德醫生聳聳肩。

「或許吧，不過代價也很昂貴！」

「這是個很嚴肅的問題，根據毒品法案……」

爭論繼續著。

皮爾斯小姐在一旁嘰嘰喳喳，說個沒完。

6　阿比西尼亞（Abyssinia），衣索比亞的舊名。

「和韋斯索姆夫人一起旅行真是有趣極了。」

莎拉語帶嘲諷說：「是嗎？」

可是，皮爾斯小姐並沒有注意到她語氣中的尖酸，依然興高采烈地說個沒完。

「我經常在報上看到她的名字。這些參與公共事務而闖出一片天的女性真是了不起。看到婦女有所成就，我總是很高興。」

「為什麼？」莎拉蠻橫地問道。

皮爾斯小姐張大嘴愣住了，開始有點結結巴巴。

「哦，因為……我是說，就因為，嗯，女性有能力做事是很好的。」

「我不同意，」莎拉說，「任何人有所成就都很好，是男是女一點關係也沒有。為什麼會有差別呢？」

「呃，當然——」皮爾斯小姐說，「是，我承認，當然，如果以這個角度來看……」

可是她看來似乎百思不得其解。莎拉再度開口時，語氣溫和了許多。

「對不起。可是我真是痛恨這種性別區分。『現代女孩對生活的態度現實得很』諸如此類的話，完全都是胡說！有些女孩現實，有些則不然。有些男人多愁善感、糊里糊塗，有些則頭腦清楚、條理分明，只是腦袋的類型不同而已。『性別』只有在和『性』直接相關的時候才顯得重要。」

聽到「性」這個字眼，皮爾斯小姐的臉微微泛紅，巧妙地轉換了話題。

「真希望這裡有片樹蔭，」她喃喃說道，「不過，我覺得這種空曠的感覺也很棒，你說呢？」

莎拉點頭表示同意。

是的，她心想，這樣的空曠是很棒，能治癒心靈的創傷，讓心境平和安寧，不必去管煩人的人際關係，也沒有惱人的個人問題！現在，她覺得自己總算擺脫了柏敦一家，不再有那種強烈的古怪願望，想去干涉那些軌道和她毫無交集的人的生活。她覺得心靈已得到慰藉，不再心浮氣躁。這裡的孤寂、空曠、遼遠，還有，寧和……

只可惜她不能獨自享受這一切。韋斯索姆夫人和傑勒德醫生已經結束了毒品管理法案之爭，現在正就無知的年輕女孩被出口到阿根廷酒店表演的事件進行論辯。整個談話過程中，傑勒德醫生始終輕佻隨性，韋斯索姆夫人這位真正的政治家則毫無幽默感，對醫生的態度簡直是痛心疾首。

「各位，我們可以繼續上路了吧？」戴著回教紅色軟帽的翻譯員說。他又開始大談猶太人的邪惡。

日落前一小時左右，他們總算抵達馬安。一群長相怪異而野蠻的人圍住了他們的座車。耽擱片刻後，他們繼續前行。

遠眺著一望無際的平坦沙漠，莎拉一頭霧水，不知道佩特拉這個石城要塞蹤跡何處。就他們看到的方圓數里內，別說是大山，連小丘都沒一個。這麼說，他們離目的地還遠著吧？

他們來到艾穆薩村後下了車。幾匹瘦弱不堪的馬兒正等著他們。皮爾斯小姐因為身穿條紋細絨衣衫不適合騎馬而懊惱不已。韋斯索姆夫人聰明地穿著騎馬裝，樣式或許不適合她的體型，但倒派得上用場。

馬兒沿著一條滿是落石的滑溜小徑走出了村子，這時地面突然下陷，馬兒七彎八拐往下走。太陽快要下山了。

漫長炎熱的行車旅程令莎拉疲憊不堪。她覺得昏昏沉沉，騎在馬上像在作夢。事後回想起來，她覺得當時地獄之門彷彿已在她的腳下裂開；道路蜿蜒而下，直直深入地底。千奇百怪的岩石在他們四周聳立，穿過紅土峭壁組成的迷宮，一直延伸到地殼深處。路的兩旁盡是懸崖。面對著愈來愈窄的峽谷，莎拉惘惘然感到一種威脅，覺得喘不過氣來。

她迷迷糊糊地想：「我們已來到死亡之谷，我們來到了死亡之谷……」

走著走著，天色愈來愈暗，岩壁的鮮紅變得黯淡，而他們依然不停地走。一行人曲曲折折在山谷進出，有如被幽禁一般，迷失在地殼的深處。

她想道，這是多麼奇妙而又難以想像……一個死亡之城。

再度，「死亡之谷」像歌聲一樣不斷響起。

他們點上了燈。馬兒沿著狹窄的小道繼續蜿蜒前行。突然眼前一寬，峭壁向兩旁退去，前面遠處可以看見一簇簇的燈光。

「那裡就是營地！」翻譯員說。

馬兒腳步放快了些，牠們太餓了，提不起精神加快速度，不過多少表現出了一點熱情。現在，小路沿著布滿沙礫的河床向前延伸，燈光愈來愈近。

他們看見一堆帳篷，較高的一排緊貼著崖壁。岩石中鑿有一些洞窟。

他們就要到了。貝都因族的侍僕跑出來迎接。

莎拉盯著高處的一個洞窟。那兒有個坐著的人形。那是什麼？一尊神像？一個蹲坐著的巨大雕像？

不，是搖曳的燈光使它顯得如此巨大。不過它一定是某種神像，動也不動地盤踞在那裡，居高臨下地睥睨著這整個地方。

這時她的心突然一緊。

沙漠帶來的安寧和遁世感頓時消逝得無影無蹤。她又從自由之身淪為了階下囚，她被帶領到這黑暗、曲折的山谷，而就在這裡，猶如一個久已為人遺忘的祕教女祭師，又像一尊臃腫、怪異的女佛像，柏敦夫人就這麼坐著。

11

柏敦夫人在這裡，在佩特拉！

莎拉像木頭人一般回答著僕役詢問的各種問題。她想馬上進餐嗎？飯菜已準備妥當。還是她想先漱洗一番？她想睡在帳篷還是石洞裡？

這個問題她答得很快：帳篷。想到石洞她就不寒而慄，腦海中又浮現出那個蹲坐的巨大雕像（為什麼那個女人總讓人覺得不像人？）。

最後，她跟著當地一個僕人走了。那人穿著綴滿補靪的黃卡其布褲，打著鬆垮的綁腿，還套著一件磨損得厲害的破外套。他頭戴當地人稱為「契飛雅」的頭巾，頭巾的長褶護著脖子，一條打了結的黑絲帶，將頭巾緊緊固定在頭上。莎拉帶著欣賞的眼光看著他輕巧的步履和他頭部不經意間流露的高傲風度。只是他的歐化服飾顯得俗麗而不搭調。她想：「文明真是一無是處，一無是處！要不是有文明，就不會有柏敦夫人這樣的人——要是在野蠻部落，他們老早就把她給殺來吃了。」

她自嘲似地察覺到自己太累了，有點激動。洗了熱水澡，重新上過妝，她又恢復了冷靜沉著的自己，並為剛才的慌張感到慚愧。

她梳理著濃密的黑髮，在小油燈搖曳的火光下，看著自己在一面小破鏡中的側影。

接著她掀開帳篷口的布帘，走進黑夜，準備到下面的大帳篷去。

「是你……你在這裡？」

一聲低呼，透著迷惑和不敢置信。

她轉過身，正對著雷蒙．柏敦的雙眼。他是多麼驚訝，那眼神讓她說不出話，甚至感到害怕。那是一種難以置信的喜悅，彷彿他在剎那間看到了天堂，那種訝異、茫然、感激而自覺渺小！莎拉這輩子都不會忘記那眼神。地獄裡的亡靈仰視天堂時，大概就是這種眼神……

他又說了一遍。「是你……」

那低沉、顫抖的聲音在她身上發生了作用。她的心緒在胸臆中翻騰。她感到羞怯、害怕、自卑，卻又覺得驕傲而欣喜。她簡單應了一句：

「是我。」

他走近她，依舊一臉茫然，依然半信半疑。

他突然抓住她的手。

「是你，」他說，「真的是你。一開始我以為你是幽靈，以為是因為我不斷思念你而產生的幻覺。」他頓了頓，接著說道：「我愛你……從火車上第一次見到你，我就愛上了你。我現在很清楚這一點，也希望你能知道，這樣你就了解，很……很無禮的那個人並不是真正的我。你知道，即使是現在，我都不能對自己的行為負責，我……我什麼事都可能做得出來。我可能從你身邊經過而不理你，或是傷害你，但是我衷心希望你知道，那不是我，不是真正的我。該負責的是我的神經，我那不可靠的神經……它要我做什麼我就做什麼。我的神經讓我這樣的。你能了解嗎？你儘管看不起我……」

她打斷了他，聲音雖低，卻出奇地溫柔。

「我不會看不起你。」

「反正，我真是夠丟臉的！我應該……應該表現得像個男人。」

莎拉的回答，部分是傑勒德建言的翻版，不過更多是源於她自己的認知和希望。從她溫柔的嗓音裡，聽得出肯定和權威。

「你做得到的。」

「我做得到嗎？」他的聲音透著渴望。「可能吧……」

「你會產生勇氣。我深信如此。」

他挺起胸膛，揚起頭。

「勇氣？對，我需要的就是勇氣，勇氣！」

他突然低下頭吻了她的手，隨即匆匆離去。

12

莎拉來到下面的大帳篷。她的三個同伴正圍著桌子用餐，翻譯員告訴他們，這裡還有另一群遊客。

「他們是兩天前來的，後天離開。是美國人。那個母親好胖，來到這兒可知是煞費周章。是挑夫們用椅子抬進來的，他們說可不輕鬆呢，累得滿頭大汗，真的。」

莎拉突然放聲大笑。確實，仔細想想，這整件事是挺好笑的。

胖翻譯員滿懷感激地看著她。他的工作並不輕鬆。短短一天內，韋斯索姆夫人已經三度拿著旅行指南駁斥他，剛才又在挑床鋪的毛病。現在，他的旅客中有人似乎沒來由地心情愉快，他自然非常感激。

「哈！」韋斯索姆夫人說，「我想這些人也在所羅門旅館住過。我才剛到這兒，就認出了那個老太太。金恩小姐，我想我見過你和她在旅館裡談過話。」

莎拉心虛得臉都紅了，只希望韋斯索姆夫人沒聽到太多談話內容。

真是的，那時候我是中了什麼邪？她痛苦地想道。

這時候，韋斯索姆夫人說道：「這些人一點意思都沒有，全是一群鄉巴佬。」

在皮爾斯小姐的極力奉承下，韋斯索姆夫人開列了一長串她最近遇到的美國顯貴名單。

今年這個季節熱得反常，他們因此約定第二天一大早就出發。

翌日六點，四人就齊聚一堂準備吃早餐。柏敦一家連個人影都沒有。韋斯索姆夫人先就沒有供應水果進行了一番抨擊，接著大家喝了茶和罐裝牛奶，吃了些油膩的煎蛋和死鹹的燻火腿。

一行人隨後出發了。韋斯索姆夫人再度煙硝味十足地和傑勒德醫生爭辯起食物中維他命的價值，以及勞工階級應有的營養均衡問題。

營地那頭突然傳來一聲叫喊，他們停下腳步等那人趕上來。原來是傑斐遜．柯普先生，他一路跑過來，那張討人喜歡的臉脹得通紅。

「各位如果不介意，今天早上我想和你們一道走。金恩小姐，早安。沒想到會在這裡見到你和傑勒德醫生，真令人驚喜。你覺得這地方怎麼樣？」

他邊說邊指著周遭綿延不斷、奇形怪狀的紅土岩層。

「我覺得很不錯，就是有點恐怖，」莎拉說，「我一直以為這裡會是個夢幻般的浪漫之地，因為它叫作『玫瑰紅城』。不過它比自己的名字要真實得多，真實得就像……生牛肉。」

「顏色還真像。」柯普先生附和道。

「不過確實很壯觀。」莎拉承認。

一行人在兩個貝都因嚮導的陪同下開始爬山。兩個嚮導都是高個頭，他們帶著簡單的擔架，身手敏捷地向上攀爬，穿著平底釘靴的腳在滑溜的小坡道上如履平地。路開始難走了。莎拉和傑勒德醫生都不懼高，但柯普先生和韋斯索姆夫人就沒那麼幸運了。在一些陡峭的地方，可憐的皮爾斯小姐幾乎是被架著過去的，她雙眼緊閉，臉色發青，不斷高聲發出哀嚎。

「我從來就不敢從高處往下看，打從小時候就不敢。」

她一度想打退堂鼓，但是回頭一望下坡的路，她的臉色更綠了，只好不情不願地繼續往上爬。

傑勒德醫生好心鼓勵她。他走在她身後，將手杖舉在她和萬丈峭壁之間，彷彿架出一道欄杆，她承認假想身旁有欄杆的錯覺，大大減輕了她的暈眩感。

莎拉微喘著氣，問翻譯員馬哈默德。

「你帶旅客爬上這裡遇過困難嗎？我的意思是年紀大的旅客。」

馬哈默德雖然胖嘟嘟的，卻毫無不適的跡象。

「有困難，帶他們上來總是很困難。」他說得心平氣和。

「而你們總是盡量把他們帶上來？」

馬哈默德聳聳他厚實的肩膀。

「他們喜歡來。他們花了錢就是來看這些，當然希望上得來。貝都因族的導遊很聰明，步履很穩，他們總能想出辦法。」

他們終於到達山頂，莎拉深深吸了一口氣。

四周和腳下綿延的盡是血紅色的岩石，這片奇異而令人難以置信的景象，任何地方都難以比擬。在清晨純淨的空氣中，他們像神祇一般站在那裡俯瞰凡間……一個充斥著暴力的世界。

翻譯員告訴他們，這裡就是「犧牲之地」，也叫「聖地」。他指著腳邊扁平岩石上的凹痕給他們看。

莎拉離開眾人走到一旁，避開了翻譯員滾瓜爛熟的陳詞濫調。她坐在一塊岩石上，雙手插在濃密的黑髮裡，望著腳下的一方世界。不久，她察覺到身旁有人。傑勒德醫生的聲音響起。

「你現在體會到《新約》裡魔鬼的誘惑了吧？撒旦將上帝帶到高山之巔，讓整個世界呈現在祂眼前。『你若是臣服於我，我就把這一切都賜予你。』站在高處，成為萬物之神的誘惑比平常大得多。」

莎拉表示同意，但不難看出她的思緒早已遠颺。傑勒德醫生帶著些許驚訝打量著她。

「你似乎在深思什麼。」他說。

「是的，」她轉向他，一臉困惑。「有這麼一處犧牲之地，真是個好主意。我想，有時候犧牲是必要的，你覺得呢？我的意思是，人可能把生命看得太重了，死亡或許並不如我們想像的那麼可怕。」

「小姐，如果你這麼想，你就不該選擇我們這一行。對我們來說，死亡是敵人，而且永遠都是敵人。」

莎拉打了個寒顫。

「沒錯，我想你說得對。可是，死亡往往可以解決問題，甚至意味著更完整的生命誕……」

「要一個人為多數人而死，我們想來倒是方便！」傑勒德醫生正色說道。

「我不是這個意思——」

她突然住了口。傑斐遜．柯普先生正朝他們走來。

「這地方真是非常壯觀，」他說，「壯觀極了，我真高興自己沒有錯過這次機會。雖然柏敦夫人絕對是個了不起的女人——我很佩服她來這裡的勇氣——但我不怕告訴你們，和她一起旅行真是挺麻煩。她身體不好，我想這自然讓她不太顧慮別人的想法。不過，她好像沒想過她的家人偶爾也會希望自己出去玩玩。她就是習慣了一家子都圍著她，我想她不會考慮到……」柯普先生住了嘴，善良的臉上露出一絲困惑不安的神情。「我聽到一點關於柏敦夫人的事，讓我覺得很不安。」

莎拉又陷入自己的思緒，柯普先生悅耳的聲音就像遠處小溪的淙淙水聲，從她耳邊流過。傑勒德醫生說道：「是嗎？是什麼事呢？」

「這是我在太巴列旅館碰到的一位女士告訴我的，和柏敦夫人雇用過的一個女僕有關。我聽說，這個女孩，她……她……」柯普先生停下話頭，小心翼翼地看了莎拉一眼，壓低聲音說道：「她懷孕了。老太太發現了，但表面上對這個女孩還是相當和氣。可是在孩子出生前幾個星期，她把這個女僕趕出了家門。」

傑勒德醫生揚起眉毛。

「啊。」他若有所思地說道。

「告訴我這個祕密的女士說這事千真萬確。我不知道你們是否同意我的看法，在我看來，這是很殘忍、很沒人性的做法。我無法理解……」

傑勒德醫生打斷他。

「你應該試著去理解。我毫不懷疑，這件事一定讓柏敦夫人暗自高興了很久。」

柯普先生瞪著他，一臉震驚。

「不可能，」他重重地說道，「我不能相信。這種想法簡直匪夷所思。」

傑勒德醫生輕聲引述了一段話：「『我轉過身去，細究這陽光下各式各樣的壓迫。被壓迫的人哭泣著、哀嚎著，得不到安慰，因為權力在壓迫者手中，所以沒人來安慰他們。因此我讚慕已逝的死者遠勝過苟且偷生的活人，而從未來過這世間的人，更勝過活人和死人，因為，他不知道地球上永恆存在著的邪惡……』」

他頓了頓，接著說道：「親愛的柯普先生，我畢生致力於研究人類腦中的怪現象。只看生活中好的一面是沒有用的，在日常生活的禮教和傳統之下，掩藏著一大堆怪念頭。例如，有人會為虐待而虐待，並且以此為樂。可是當你發現了這個現象，它背後其實還有更深的隱情：一種強烈渴望受到肯定的可悲欲望。如果這個欲望不能得到滿足，如果因為個性不討人喜而得不到它所需要的回應，它就會選擇其他路徑，非要讓人感受到它的存在、它的重要性不可，這樣就出現了難以勝數的變態行為。殘忍和其他習慣沒有兩樣，都是可以培養的，而且，形成之後便牢不可破……」

柯普先生咳嗽一聲。

「醫生，我想你有點言過其實了。這山上的空氣真好……」

他慢慢走開了。傑勒德微微一笑，目光再度轉向莎拉。她正鎖著眉頭，臉上一副年輕人的決絕神色。他心想，她就像是一位正要宣布判決結果的年輕法官……

他聽見身後的腳步聲，轉過身去，發現皮爾斯小姐正踉踉蹌蹌朝他走來。

「我們就要下山了，」她害怕地說道，「噢，天哪！我敢打賭我下不去的，但嚮導說下山走的是另一條路，那條路要好走些。但願如此，因為我從小就不敢從高處往下看……」

下山的路是沿著一條瀑布並行的小徑。雖然鬆動的石頭有扭傷腳踝之虞，不過倒是少了令人頭昏目眩的景色。

一行人回到營地，雖然疲倦卻都神采飛揚。大家以奇佳的胃口等著享受遲來的午餐。這時已是下午兩點。

柏敦一家正圍坐在大帳篷的大桌邊，他們也剛吃完午餐。

韋斯索姆夫人一副降貴紆尊的模樣，禮貌地對他們說道：「這個早上真有意思，佩特拉這地方真不錯。」

卡蘿覺得這句話似乎是對她而發，遂迅速看了她母親一眼，囁嚅回道：「噢，是，確實，真不錯，」接著又歸於沉默。

韋斯索姆夫人覺得自己的義務已了，便開始專心用餐。

四人邊吃邊討論午後的行程安排。

「我想我下午得好好休息一下，」皮爾斯小姐說，「我認為，人最好不要過於勞累。」

「我想去散散步，四處走走，」莎拉說，「醫生，你呢？」

「我跟你去。」

柏敦夫人噹啷一聲掉了湯匙，讓每個人都嚇了一跳。

「我想，」韋斯索姆夫人說，「我和你一樣，皮爾斯小姐，可能先看半小時的書，休息個把鐘頭，然後再出去散散步。」

在倫諾思的扶助下，柏敦夫人顫巍巍地站起身子。片刻後，她開口說道：「你們今天下午最好都出去走走。」她的語氣和氣得令人意外。

倒是她的家人個個露出吃驚的表情，看來有點滑稽。

「可是，母親，那您怎麼辦呢？」

「我誰都不需要。我想一個人坐著看點書。潔妮最好不要去，她必須躺下休息一陣。」

「母親，我不累，我想跟他們一道去。」

「你累了，你頭疼！你得當心照顧自己。去躺下睡一覺去，我知道什麼對你最好。」

「我……我……」

女孩揚起頭，反抗地看著母親，接著垂下眼簾，屈服了。

「傻孩子，」柏敦夫人說道，「回你的帳篷去。」

她顫顛顛地走出大帳篷，一家人都跟在後面。

「天哪！」皮爾斯小姐說，「這些人可真古怪。那母親的膚色也怪，是深紫色。我想她的心臟可能有問題。這大熱天的，可真有她受的。」

莎拉心想，她今天下午把他們都放了。她知道雷蒙想跟我在一起，難道這是個圈套？吃完午餐，她回帳篷換了件乾淨的亞麻衣裳。那個念頭始終在腦海裡揮之不去。昨晚之後，她對雷蒙的感情已經鼓脹成一股想保護他的溫柔激情。這就是愛吧……為對方所受的痛苦而煎熬，不惜一切要讓所愛的人免受痛苦。是的，她愛雷蒙．柏敦。這像是顛倒了的「聖喬治與龍」的故事；她是拯救者，而雷蒙是被囚禁的受害者。

柏敦夫人則是那條龍。這條龍突然大發慈悲，在滿腹疑竇的莎拉看來，那絕對是不安好心。

三點過一刻左右，莎拉信步走到下面的大帳篷。

韋斯索姆夫人坐在椅子上。儘管天氣炎熱，她仍然穿著她那條耐穿好用的哈里斯粗呢裙，膝上放著一份皇家委員會的報告。傑勒德醫生和皮爾斯小姐正在談話，皮爾斯小姐站在自己的帳篷邊，手裡拿著一本名為《愛的追尋》的書，書衣上說這是本充滿激情和誤解的刺激小說。

「我想，吃完午餐立刻躺下不好，」皮爾斯小姐解釋道，「你知道，很容易消化不良。待在大帳篷的陰影下又涼快又舒服。哦，天哪，你們覺得上面那位老太太就這麼坐在大太陽底下妥當嗎？」

他們的目光全都望向眼前的山脊。柏敦夫人就和昨天晚上一樣，像尊巨佛般文風不動地坐在她的石洞口。附近已經看不到其他人了，營地的工作人員都在午睡。不遠處有一小群人正沿著山谷行進。

「這一回，」傑勒德醫生說，「那位好媽媽居然會讓他們自己出去遊玩，是不是又在耍什麼新花樣？」

「你知道嗎？」莎拉說，「我也是這麼想。」

「我們真是多疑。來吧，我們去追那幫逃家的孩子。」

皮爾斯小姐留在原地繼續讀完那本刺激的驚險小說，莎拉和傑勒德醫生出發了。一繞過山谷的拐角，他們便趕上了正緩步前行的那群人。生平頭一回，柏敦一家人看來快樂而無憂無慮。

倫諾思和娜汀，卡蘿和雷蒙，笑容滿面的柯普先生，還有新加入的傑勒德和莎拉，沒多久就在一起談談笑笑。

突然有了一陣無拘無束的歡鬧。每個人心裡都感到這是轉瞬即逝的歡娛，是應該盡情享受、偷來的快樂。莎拉和雷蒙並沒有離群獨行，事實上，莎拉和卡蘿、倫諾思走在一起。緊跟在他們後面的傑勒德醫生在和雷蒙聊天。娜汀和傑斐遜・柯普走在最後，距離稍遠。

打破這群組合的是法國醫師傑勒德。他的話斷不成句已有好一陣子。他突然停下腳步。

「真是千萬個對不起，我恐怕得回去了。」

莎拉看著他：「出了什麼事嗎？」

「是的，我發燒了。午餐後就開始了。」

他點點頭。

莎拉細細看他。

「是瘧疾？」

「是的，我要回去吃點奎寧，希望這次不會太嚴重。這病是我有一回去剛果帶回來的紀念品。」

「要我陪你回去嗎？」莎拉問。

「不，不用，我帶了藥箱來。這真是一樁麻煩事。你們繼續往前走吧。」

他快步向營地走去。

莎拉猶豫地望著他遠去的身影，片刻後，她的眼神和雷蒙遇上了。她對他嫣然一笑，那法國人立刻被拋到九霄雲外。

一行六人——卡蘿、她自己、倫諾思、柯普先生、娜汀和雷蒙，在一起走了一陣，接著不知不覺她和雷蒙離開了眾人。他們倆繼續前行，爬上岩石，攀過一些岩層，最後找了個陰涼處停下休息。

一陣沉默後，雷蒙開口問道：「你叫什麼名字？我知道你姓金恩，可是芳名是——」

「莎拉。」

「莎拉。我可以直呼你名字嗎？」

「當然可以。」

「莎拉，你能不能告訴我一些你的事？」

她的背抵著岩石，對他述說她在約克郡的家居生活、她的狗以及撫養她長大的嬸嬸。接著輪到雷蒙，他斷斷續續對她講了一些自己的生活。

之後是一陣很長的靜默。兩人的手碰觸在一起，隨後就像孩子般手牽著手坐著，心裡湧出奇異的滿足。

太陽漸漸西沉，雷蒙開始不安。

「我要回去了，」他說，「不，不是和你一起走，我要一個人回去。我有些事要去說、去做。一旦我做到了，一旦我向自己證明了我不是懦夫，那，那我會回來找你，不會再羞於向你求助。你知道，我需要你幫助，我有可能得找你借錢。」

莎拉笑了。

「我很高興你是個實踐家。你可以信賴我。」

「可是首先我得一個人去完成這件事。」

「什麼事？」

那張年輕而孩子氣的臉突然變得嚴肅。雷蒙．柏敦說：「我必須證明自己的勇氣。現在不做就沒機會了。」

說完他驀然轉身，大步離去。

莎拉靠在岩石上，凝望著他遠去的身影。他的話讓她有點驚慌，他顯然很認真，認真得令人害怕。一時之間，她真希望她跟著他一同離去……

她責備自己不應該有這種想法。雷蒙想單獨行事，想測試他剛鼓起的勇氣，這是他的權利。

可是她衷心祈願，希望這勇氣不會受挫……

莎拉再次看到營地時，太陽已經開始西落。走近些後，她在微弱的光線中看到柏敦夫人陰沉的身影依然坐在洞口。看著那一動不動的可怕身影，莎拉不禁打了個冷顫。

她匆匆走過下方的小徑，來到已點上燈火的大帳篷。

韋斯索姆夫人正坐著編織一件深藍色的羊毛衫，一束線掛在脖子上。皮爾斯小姐在一塊桌布上繡著色彩慘淡的藍色勿忘我，還一邊聆聽離婚法規應該如何改革的高論。

僕人們進進出出，準備開飯。柏敦一家坐在大帳篷角落的躺椅上看書。肥胖而故作威嚴的馬哈默德出現了，他的不滿明顯掛在臉上。本來他在下午茶後安排了很好的步行活動，可是沒有半個人待在營地裡，整個節目因此泡了湯……他說去參觀納巴泰人[7]的建築是很有意義的。

莎拉趕忙說道，他們都玩得很愉快。

她起身回帳篷漱洗，準備進晚餐。回程路上，她在傑勒德醫生的帳篷停下腳步，低聲叫道：「傑勒德醫生。」

沒有回答。她掀起門口的帘子，朝裡頭看了看。醫生動也不動地躺在床上，莎拉悄然退出，希望他是睡著了。

一個僕人走過來，向她指指大帳篷，顯然晚餐已經準備就緒。她走了過去。除了傑勒德醫生和柏敦夫人，其他人都已經圍著大桌就座。一個僕人被派去通知老太太，告知晚餐已備妥。接著外頭突然傳來一陣騷動。兩個嚇壞了的僕人衝進來，激動地用阿拉伯語向翻譯員說了什麼。

馬哈默德驚慌地四下張望，走了出去。莎拉一時衝動也跟上去。

「出了什麼事？」她問。

馬哈默德回答她：「是那個老太太。阿卜杜勒說她病了，動不了了。」

莎拉加快了腳步。她跟在馬哈默德後面爬上岩石，一路走到胖老太太坐踞的地方。她摸摸那肥胖的手，探探脈搏，俯下身子……

當她直起身來，臉色更蒼白了。

莎拉沿著原路回到大帳篷。她在門口停了一會兒，看著坐在餐桌內側的那群人。開口說話時，連她自己都覺得聲音突兀而不自然。

「我很遺憾，」她說，強迫自己面對著這一家的老大——倫諾思。「柏敦先生，你的母親去世了。」

接著她帶著好奇注視著這五人的臉，彷彿是從很遠的距離之外觀看著，想知道他們聽到這個意味著獲得自由的消息後，會出現什麼反應。

7 納巴泰人（Nabataean），阿拉伯半島西北部的一個民族，公元前四世紀至公元一世紀間曾一度建國於佩特拉一帶。

第二部

Appointment with Death

／13

卡伯利上校微笑著，向對坐的客人舉起酒杯。

「來，為犯罪乾一杯！」

赫丘勒．白羅眨眨眼，承認這祝辭很貼切。

他帶著一封雷斯上校寫給卡伯利上校的介紹信來到安曼。

卡伯利早就想見見這位全球知名的人物。他的老友，也是情報局的同事，對此人的才華讚不絕口。

雷斯在信中把「謝塔納凶殺案」[8]的破案過程譽為「絕妙的心理推理過程」！

「我一定要帶你好好四處玩玩。」

卡伯利一邊說，一邊捻著他那參差不齊、灰白斑駁的鬍子。卡伯利中等身材，體型粗壯，不修邊幅，頭頂半禿，有一雙溫和而空洞的藍眼睛。外表看起來，一點也不像軍人，甚至不怎麼機靈，和一般人心目中的執法者形象相去甚遠。然而在外約旦河地區，他可是權霸一方。

「我們可以去傑拉什，」他說，「喜歡這一類的活動嗎？」

「我什麼都感興趣。」

「沒錯，」卡伯利說，「看待生活就該這樣。」他頓了頓，繼續說道：「告訴我，你可曾有種感覺，你的專業總是纏著你不放？」

「你的意思是——」

「說得淺白一點，你可曾有時候去度假，想遠離犯罪輕鬆一下，卻發現總是有屍體冒出來？」

「這樣的事確實發生過，而且不只一次。」

「嗯，」卡伯利上校漫應了一句，顯得心不在焉。接著他猛然回過神來，說道：「現下就有一具屍體，讓我挺頭痛的。」

「是嗎？」

「是的，就在安曼這裡，是個美國老太太。她和家人一同去了佩特拉。今年這時節的天

8 參克莉絲蒂的《底牌》一書。

氣熱得反常，這趟旅行可真夠她受的。老太太有心臟病，旅行比她想像的累得多，增加了心臟的負荷，她就這麼過去了。」

「在安曼這裡發生的？」

「不，在佩特拉。他們今天把屍體運來了。」

「啊！」

「一切都很自然。絕對是世上最有可能發生的事。只是……」

「只是什麼？」

卡伯利上校搔了搔他的禿頭，說道：「我有種感覺，是她的家人動的手腳。」

「啊哈！你為什麼會這樣想呢？」

卡伯利上校的回答不太直接。

「那老太太似乎挺討人厭的，沒有人為她的死感到悵然若失，好像都覺得她暴斃是件好事。不管怎麼說，只要那家人串通一氣並在關鍵時刻口徑一致，什麼都證明不了。為了不使事情變複雜，不引起國際糾紛，最簡單的辦法就是放任不管。事實上也沒什麼證據。我認識一個醫生，他告訴我，他經常對病人的死亡存疑，總覺得他們應該時辰未到竟就一命歸西。他說：『如果沒有確鑿的證據，最好保持沉默。否則吃不著羊肉還惹來一身腥，案子沒解決，辛勤認真的醫生還會聲名掃地。』這有點道理。不過，再怎麼說——」他又搔了搔頭，出人意表地加上一句：「我可是個講究條理的人。」

卡伯利上校的領帶搭在左耳下邊，一雙皺巴巴的襪子，破爛的外套滿是汙漬。但是赫丘勒．白羅並沒有發笑。他能清楚看出卡伯利上校內在的井然有序，在他的腦中，各種現象都歸類得有條有理，各種事實也各就其位。

「是的，我是個講究條理的人，」卡伯利上校又說了一遍，下意識地揮揮手。「不喜歡亂七八糟。每當我碰到亂七八糟的事，就想理出個頭緒來。你明白我的意思吧？」

赫丘勒．白羅煞有其事地點點頭，他明白。

「那裡沒有醫生嗎？」他問。

「有，有兩個。不過其中一個得了瘧疾，另一個是個女孩，剛踏出校門。但我想她還算內行。這起死亡，本身毫無奇特之處。老太太心臟有毛病，服藥已有一段時日。像她這樣突然死亡，其實一點也不奇怪。」

「那麼，我的朋友，你在擔心什麼呢？」赫丘勒．白羅輕聲問道。

卡伯利上校那對藍色眼睛困惑地望著他。

「聽說過一個叫作傑勒德的法國人嗎？西奧多．傑勒德？」

「當然。他是他那一行的名人。」

「對，精神疾病那一行，」上校附和道，「他們說，要是你四歲的時候愛上清潔女傭，三十八歲時就會認定自己是坎特伯里大主教。我弄不清楚為什麼會這樣，從來也沒弄明白過。不過，這些傢伙的解釋挺有說服力的。」

「在某些深層的精神官能症疾病，傑勒德醫生絕對是權威。」白羅笑著點頭稱是。「他……呃，關於佩特拉所發生的事，他的看法是基於這樣的理論嗎？」

卡伯利上校猛搖頭。

「噢，不是。果真如此，那就沒什麼好操心的了。這倒不是說我不信他這一套，只不過這是我難以理解的事情。就像我有個貝都因族的手下，他可以在一望無際的沙漠中下車，用手摸摸地面，就告訴你現在身在何處，誤差不會超過一兩哩。這不是魔術，但是看起來就像。不，傑勒德醫生的說法平鋪直敘，就是一些顯而易見的事實。我想，如果你有興趣……你有興趣嗎？」

「有，我有興趣。」

「那好。我這就打電話請他過來，你自己聽聽他的說法吧。」

卡伯利上校派了個勤務兵去請醫生。接著白羅問道：「這一家都有些什麼人？」

「這家人姓柏敦。有兩個兒子，老大已經結婚，太太很漂亮，嫻靜明理的那一型。還有兩個女兒也都很漂亮，不過是截然不同的類型。小女兒有點神經質，不過可能是受了驚嚇的緣故。」

「柏敦，」白羅一面說一面揚起眉毛。「奇怪，真奇怪。」

卡伯利帶著疑惑斜睨他一眼，但看看白羅不再開口，便自顧自的繼續說下去。

「那個老母親顯然是個禍害！她從頭到腳都要人伺候，每個人都得圍著她轉。而且她掌握著經濟大權，其他人名下一毛錢也沒有。」

「啊哈！真有意思。他們知道她留下來的錢怎麼分配嗎？」

「我裝作不經意的樣子問過他們。遺產由全家人平分。」

白羅點點頭，接著問：「你認為他們全都涉案嗎？」

「不知道，這就是問題所在。我不知道是共謀，還是哪個腦筋靈光的人自己的主意。不知道。或許這整件事只是白忙一場也不一定。總而言之，我想聽聽你這位專家的意見。啊，傑勒德來了。」

／14

法國醫生走進來，步履輕快但並不匆忙。他和卡伯利上校握了手，銳利的眼神帶著興味望了白羅一眼。卡伯利介紹道：「這位是赫丘勒．白羅先生，是我的客人。我正把佩特拉發生的事告訴他。」

「噢，是嗎？」傑勒德靈活的眼神對白羅上下打量一番。「你對這個案子感興趣？」

赫丘勒．白羅舉起雙手。

「唉，人真是無可救藥，總是會對自己本行的事感興趣。」

「確實。」傑勒德說。

「要不要喝一杯？」卡伯利問。

他倒了一杯蘇打威士忌，放在傑勒德肘邊，接著詢問似地舉起酒瓶，白羅搖搖頭。上校放下酒瓶，把椅子拉近了點。

「嗯，」他說，「我們談到哪裡了？」

「我想，」白羅對傑勒德說，「上校對這件事的結論並不滿意。」

傑勒德做了個意味深長的手勢，口裡說道：「都是我的錯！我也有可能弄錯，上校，請別忘記，說不定是我搞錯了。」

卡伯利漫應一聲，說道：「你把經過情形告訴白羅先生吧。」

傑勒德首先將佩特拉之行之前發生的事簡單說了個梗概，並將柏敦一家人的特徵以及他們所受到的情緒壓力描述了一番。

白羅專心聽著。

接著，傑勒德開始述說他們在佩特拉第一天所發生的事，以及他回到營地的經過。

「我的惡性瘧疾來勢洶洶，」他解釋道，「我打算回去自己治療，靜脈注射奎寧。一般都是這樣治療。」

白羅點點頭，表示明白。

「我發燒得厲害，一路跌跌撞撞走回我的帳篷。一開始我找不著藥箱——有人移動了它的位置。等我找到藥箱，又找不到皮下注射器。我找了好一陣子，就是遍尋不著，最後只好放棄，口服了大量的奎寧，一頭倒在床上。」

傑勒德頓了頓，接著又說：「柏敦夫人的死，是日落以後才發現的。這是因為她坐著，椅子撐住了她的身體，所以姿勢始終沒變，直到男僕在六點半時去請她用餐，這才發現出了事。」

他細細描述了石洞的位置，以及石洞和大帳篷之間的距離。

「具有醫生資格的金恩小姐檢查了屍體。她知道我在發燒，沒有叫醒我。事實上，她也無能為力。柏敦夫人已經死了，而且死了好一陣子。」

白羅低聲問：「究竟死了多久？」

傑勒德緩緩地說道：「我相信，金恩小姐並沒有特別說明。我想她是不覺得這點很重要。」

「不過，起碼有人說得出最後見到她還活著的時刻吧？」白羅問。

卡伯利上校清清喉嚨，拿起一份官方文件唸起來。

「下午四點剛過，韋斯索姆夫人、皮爾斯小姐和柏敦夫人說過話。倫諾思．柏敦四點半左右和他母親說過話。五分鐘後，倫諾思的妻子和柏敦夫人有過一次長談。卡蘿．柏敦和她母親說了幾句話，但她說不出具體時間，不過根據其他人的說辭來判斷，應該是在五點十分左右。

「一個叫作傑斐遜．柯普的美國人是這家人的朋友。他和韋斯索姆夫人、皮爾斯小姐一同回到營地時，看到柏敦夫人睡著了。他沒有和她說話。這時候大概是五點四十分。小兒子雷蒙．柏敦似乎是最後一個見到她活著的人。他散步回來後，大約是五點五十分左右，曾經和她說過話。屍體是在六點半僕人前去通知她晚餐準備就緒時發現的。」

「在雷蒙・柏敦和她說過話之後到六點半之前，沒有人走近過她嗎？」白羅問。
「據我所知是沒有。」
「不過，還是有人可能走近過她吧？」白羅繼續追問。
「我認為不可能。六點左右僕人開始在營地附近忙碌走動，大家也在自己的帳篷裡進進出出，可是沒有一個人看見有人走近那位老太太。」
「這麼說，雷蒙・柏敦確定是最後一個看見他母親活著的人了？」白羅說。
傑勒德醫生和卡伯利上校立刻對望一眼，上校的手指輕敲桌面。
「我們就從這裡陷入了泥淖，」他說，「你往下說吧，傑勒德。這你比較清楚。」
「我剛說過，莎拉・金恩檢查柏敦夫人的屍體時，並不覺得有必要確定死亡時間，她只說柏敦夫人死了『有一陣子』。第二天，出於專業的立場，我想把可能的範圍縮小些，無意間提到，最後見到柏敦夫人活著的人是她的兒子雷蒙・柏敦，時間是將近六點。令我訝異的是，金恩小姐立刻斬釘截鐵地說這不可能。她說那時候柏敦夫人一定早已死了。」
白羅挑起眉毛。
「奇怪，真奇怪。雷蒙・柏敦先生對這一點怎麼說呢？」
卡伯利上校開口道：「他發誓他母親那時候還活著。他去見母親，對她說『我回來了。希望您下午過得愉快』諸如此類的話。他說她只是咕噥了一句『我挺好的』，於是他就回自己帳篷去了。」

白羅困惑地皺起眉頭。

「奇怪，十分奇怪。那時候天已經黑了嗎？」

「太陽才剛下山。」

「怪了，」白羅又說了一遍。「醫生，你是什麼時候看到屍體的？」

「隔天。確切地說，是早上九點。」

「你對死亡時間的估計呢？」

醫生聳聳肩。

「過了那麼久，實在很難估計得準，勢必會有好幾個鐘頭的誤差。如果要我宣誓作證，我只能說她死了十二個小時以上，但是不到十八個小時。你知道，這樣的證詞一點用也沒有。」

「醫生，請繼續說，」上校說道，「把其他事情告訴他。」

「早上一起床，」傑勒德醫生說，「我就找到了皮下注射器，在我梳妝台上的一個裝藥瓶的盒子後面。」

他傾身向前。

「你可能會說我前一天沒注意到。我當時發著高燒，精神委頓不堪，渾身上下抖個不停。當然，平常我們也曾到處找某樣東西就是遍尋不著，其實自始至終這東西一直就在那裡，這種事也常見得很。我唯一能說的是：我非常確定，當時注射器並不在那裡。」

「還不止如此。」卡伯利說。

「對，還有兩件事非常耐人尋味。死者的手腕上有個小孔，就像皮下注射時留下的那種痕跡。她女兒解釋，這是被大頭針扎了一下所致……」

白羅神色一動。

「是哪個女兒？」

「卡蘿。」

「噢，請繼續說。」

「最後一件事。我正好在檢查我的小藥箱，發現洋地黃毒素少了很多。」

「洋地黃毒素，」白羅說，「是一種當作強心劑使用的毒藥，對吧？」

「是的。這是從俗稱『狐狸手套』的洋地黃中提煉出來的。洋地黃有四種有效成分，其中以洋地黃毒素的毒性最強。根據考普所做的實驗，它要比洋地黃鹼或洋地黃皂苷的效用強上六至十倍。在法國，藥物管理局允許醫師使用洋地黃毒素，但在英國則是禁品。」

「注射大量的洋地黃毒素會導致什麼結果？」

傑勒德醫生神情凝重地說道：「透過靜脈注射在血液中突然加入大量的洋地黃毒素，會導致心臟迅速麻痺而暴斃。大約四毫克的洋地黃毒素就能毒死一個成年男人。」

「而柏敦夫人本來就有心臟病？」

「是的，事實上，她服用的一種藥物本身就含有洋地黃鹼。」

「真有意思。」白羅說。

「你是說，」卡伯利上校問道，「她的死亡有可能是因為自己服藥過量而造成的嗎？」

「這個……是的。不過，還不止於此。就某方面來說，」傑勒德醫生說，「洋地黃鹼可以看作是一種藥效累積的藥品，它會在體內沉積。因此，如果是因為洋地黃的強效成分而致命，驗屍的時候是顯現不出來的。」

白羅緩緩點點頭，表示理解。

「沒錯，聰明，非常聰明。這樣的證據絕不可能讓陪審團採納。不過，我可以告訴兩位，如果這是一樁謀殺案，那可真是非常聰明的謀殺案。注射器放回原處，毒藥用的是被害人本來就在服用的藥，因此大家極有可能會認為是藥量弄錯或是藥效累積所致。確實，很有頭腦，深思熟慮，戒慎小心，簡直是天才。」

他默默坐著，半晌才抬起頭來。

「不過，還有一件事讓我想不通。」

「什麼事？」

「偷取皮下注射器。」

「它確實被人拿走了。」傑勒德醫生立刻說。

「拿走，又還回來？」

「沒錯。」

「怪了，太怪了，」白羅說，「如果不是這樣，那麼一切都可以解釋得通……」

卡伯利上校好奇地看著他。

「所以呢？」他問，「你這位專家看法如何？是謀殺嗎？還是不是？」

白羅揚起一隻手。

「且慢，我們還沒走到那一步，我們還得考慮一些證據。」

「什麼證據？所有的證據都告訴你了。」

「啊！不過，這是本人赫丘勒．白羅要提供給你們的證據。」

他點點頭，帶著微笑望著眼前兩張訝異的臉。

「沒錯，想來真是可笑！我一直在聽你們講述事件的經過，現在，輪到我來提供一點你們並不知情的證據。是這樣的。在所羅門旅館的某天夜裡，我走到窗邊，想看看窗戶是不是關上了……」

「關上？不是想打開？」卡伯利問道。

「關上，」白羅的語氣很肯定。「窗子是開著的，所以我走過去當然是想關窗。而就在我手握插銷，準備將窗子關上時，我聽到有人說話。很好聽的聲音，低沉，清晰，因為神經質似的激動而有點發抖。我當時就對自己說，如果再聽到這個聲音，我一定辨識得出來。那聲音說了什麼呢？它說：『你很清楚，她非死不可，對吧？』

「那時候，當然，我不認為這話意指要殺死活生生的人。我以為是哪個小說作者或是劇作家在說話。而現在，我可沒那麼肯定了。換句話說，我現在確信絕不是這麼回事了。」

他又頓了頓，接著說道：「容我告訴兩位，據我所知，而且我敢確定，說這話的人是我後來在旅館大廳碰到的一個年輕人。我打聽後得知，這個年輕人叫作雷蒙．柏敦。」

15

「雷蒙·柏敦說過這話？」
發出驚呼的是法國醫生。
「你認為，從心理學的角度來看，這是不可能的嗎？」白羅心平氣和問道。
傑勒德搖搖頭。
「不，我不是這個意思。不過，我感到驚訝倒是真的。不知道你們能不能明白我的意思，我感到驚訝是因為，雷蒙·柏敦簡直像是對號入座的嫌疑犯。」
卡伯利上校嘆了口氣，似乎在說：「這些研究心理學的傢伙！」
「問題是，」他輕聲問道，「我們該怎麼辦呢？」
傑勒德聳聳肩。
「我認為你們無法可想，」他提醒道，「這份證據絕對沒有說服力。你知道這件案子可能是謀殺，但很難加以證明。」

「可不是嗎，」上校說，「我們懷疑有謀殺案發生，可是我們卻只能袖手旁觀！我不喜歡這樣！」彷彿是解釋一般，他又將他先前用過的奇特理由說了一遍。「我可是個講究條理的人。」

「我知道，我知道，」白羅善體人意地點點頭。「你希望把這件事查個水落石出，希望知道究竟發生了什麼事、又是如何發生的。醫生，你呢？你剛說，我們無法可想，這份證據絕對沒有說服力，對吧？或許喔。但事情就此結束，難道你能接受嗎？」

「她的身體本來就不好，」醫生說，「無論如何，她本來也活不了太久——一星期，一個月，一年，都有可能。」

「這麼說，你是可以接受？」白羅緊追不捨。

傑勒德自顧自地說下去。

「毫無疑問，她的死——我該怎麼說呢——對社會有益。她的家人獲得了自由，有機會施展自己的才華。他們個個善良、聰明，現在總算能成為社會的有用之材。依我看，柏敦夫人的死，有百利而無一害。」

白羅三度問道：「這麼說，你是可以接受？」

「不，」傑勒德突然一拳砸在桌子上。「我並不像你所說的『可以接受』！我的天職是保護生命，不是促進死亡。因此，儘管我的理智不斷告訴我這個女人死得好，但我的潛意識卻不以為然！兩位，一個人天命未盡就死去，這是不對的。」

白羅笑了。他往後一靠，對自己以耐心挖掘出來的答案非常滿意。

卡伯利上校以不帶感情的聲音說道：「他不喜歡謀殺。很好，我也不喜歡。」

他站起身，為自己倒了一杯濃烈的蘇打威士忌。兩位客人的杯子都是滿的。

「現在，」他回到主題。「我們言歸正傳吧。關於這件事，我們到底有什麼辦法可想？我們都不喜歡現在這個局面，不喜歡！可是我們恐怕只有忍耐。如果沒什麼好處，搞得天翻地覆也沒意思。」

傑勒德身體前傾。

「白羅先生，你的意見呢？你可是專家啊！」

白羅沉默半晌。他仔細擺弄著菸灰缸裡用過的火柴，堆成一小堆後這才開口說道：「上校，你想知道是誰殺死了柏敦夫人——當然，如果她確實是死於謀殺，而非自然死亡——對吧？你想知道她被殺的確切時間和手法，事實上，你想知道這件事的所有來龍去脈，對吧？」

「沒錯，我想知道，」上校的聲音聽不出情緒。

赫丘勒．白羅緩緩說道：「我認為，沒有理由查不出來！」

傑勒德一副難以置信的模樣，而卡伯利上校則流露出幾分興趣。

「哦，所以你心裡有底，是不是？」他說，「有意思。你建議從哪裡著手？」

「透過有條有理地篩選證據，透過推理。」

「這合我的口味。」上校說。

「還要透過各種心理狀態的研究。」

「我相信這合醫生的口味，」卡伯利說，「接下來呢？在你篩選證據、做完推理，再加上心理研究之後呢？Hey presto[9]，你認為你就能從帽子裡變出兔子來？」

「如果這樣還辦不到，我會感到非常訝異。」白羅的聲音一派冷靜。

卡伯利上校透過杯緣注視著他，一時之間，那對空洞的眼睛不再空洞，而是不斷地打量、揣摩著。

他咕噥一聲放下酒杯。

「醫生，你的看法呢？」

「我承認，我對成功不抱太大希望……當然，我知道白羅先生很有本事。」

「沒錯，我有這個天賦。」那小矮子說道，臉上帶著謙虛的微笑。

卡伯利上校別開頭，乾咳了幾聲。

白羅說：「我們首先要確定，這是集體謀殺——柏敦一家人聯手計畫並付諸行動，或只是其中一人單獨行事？而如果是後者，誰的可能性最大？」

傑勒德醫生說：「從你自己提供的證據來看，首先想到的必定是雷蒙·柏敦。」

「我同意，」白羅說，「從我無意中聽到的那句話，再加上他和女醫生的證詞互相矛盾，這兩條線索絕對讓他在嫌犯名單上高居首位。」

「據他自己說，他是最後一個見到柏敦夫人活著的人，而莎拉・金恩否定了這一點。告訴我，醫生，這兩人之間是不是有——嗯，你知道我的意思。不妨這麼說，他們之間是不是有點 tendresse[10] 呢？」

醫生點點頭。

「絕對有。」

「啊哈！這位小姐是不是皮膚微黑，頭髮由前額往後梳，有著淡褐色的大眼睛，很有主見的樣子？」

醫生似乎非常驚訝。

「沒錯，你形容得很貼切。」

「我在所羅門旅館見過她。她和雷蒙・柏敦說過話之後，他作夢一般呆立在那裡，堵在電梯門口。我連說了三遍『請讓一下』，他才回過神讓出路來。」

他沉思片刻，說道：「那麼，我們對莎拉・金恩小姐的醫學證詞就得打點折扣了，她也

9 義大利語，意思是「嘿，快點」。
10 法語，意思是「感情」。

算是個關係人。」頓了頓，他又說道：「醫生，告訴我，從雷蒙．柏敦的性格來看，他容易犯下謀殺嗎？」

傑勒德緩緩說道：「你是指計畫好的蓄意謀殺？這有可能，不過要在承受了巨大精神壓力的情況下。」

「當時有這樣的情況存在嗎？」

「絕對存在。毫無疑問，這次出國旅行讓這些人的神經更為緊張，精神壓力也更大。他們看出自己的生活和其他正常的人大相逕庭。至於雷蒙．柏敦……」

「他怎麼樣？」

「他深深為莎拉．金恩所吸引，這使得他的症狀更為複雜。」

「所以他又多了一個動機和刺激因素？」

「是的。」

卡伯利上校咳了一聲。

「容我打個岔。你無意間聽到他說：『你很清楚，她非死不可，對吧？』這句話一定是對著某人說的。」

「很有道理，」白羅說，「我並沒有忘記這一點。是啊，雷蒙．柏敦當時是對誰說話呢？毫無疑問，是他們家的某個人。不過是哪一位呢？醫生，你能不能為我們分析一下柏敦家其他人的精神狀況？」

傑勒德立刻回答：「卡蘿·柏敦的情況和雷蒙·柏敦很像……叛逆，加上很嚴重的精神亢奮，不過她的症狀因為沒有涉及異性因素而較不複雜。倫諾思·柏敦已經過了叛逆階段，陷入麻木不仁的狀態。我相信他自己也發現，他很難集中心神思考問題。他對周遭環境的反應是縮回自己的小天地裡，他絕對是個自閉患者。」

「他的妻子呢？」

「他的妻子雖然身心疲憊也不快樂，不過精神毫無異狀。我相信，她正面臨抉擇關卡而猶豫不決。」

「什麼樣的抉擇？」

「要不要離開丈夫。」

他將自己和傑斐遜·柯普之間的談話說了一遍。白羅點頭表示明白。

「那個小女兒呢？她的名字是潔妮弗拉，對吧？」

醫生面色凝重地說：「我必須說，她的心理狀態岌岌可危，已經出現一些精神分裂的症狀。她無法忍受生活中受到的壓迫，於是遁入幻想世界。她受迫害的幻想已經相當嚴重，號稱自己是皇室要人，正處於危難之中，周遭危機四伏。這些都是常見的症狀。」

「這種情形有危險嗎？」

「非常危險。殺人狂往往就是這樣發展成形的。患者殺人，並不是因為有殺人的欲望，而是出於自衛，殺人只是為了不被別人殺死。從他們的角度來看，這是完全合理的。」

「所以，你認為潔妮弗拉·柏敦有可能殺死她母親？」

「是有這種可能。不過，我懷疑她是否具備必需的知識和創意，而以這種方式殺死她母親。這一類偏執狂通常頭腦簡單，心思一眼就能看透。我可以確定，如果是她下的手，她會選擇一種更引人注目的方法。」

「不過，她還是有犯案的可能，對吧？」白羅緊追不捨。

「對。」傑勒德承認。

「下一步，是確知謀殺發生的時間。你認為，其他家人會知道是什麼人下的手嗎？」

「他們一定知道！」卡伯利上校意外地打了岔。「這些人比我見過的任何人都善於隱瞞，他們絕對有所隱瞞。」

「我們會讓他們說出來。」白羅說。

「逼供嗎？」上校問。

「不必，」白羅搖搖頭。「只要尋常的談話即可。大體而言，一般人還是願意說真話，因為這比較容易，不必為編織謊言而傷神。你可以撒謊一兩次，甚至三、四次，但不可能撒謊撒到底。因此，真相會自然顯露出來。」

「有點道理，」卡伯利同意。

接著他開門見山問道：「你是說，你要和他們對話？這麼說，你願意插手這事了？」

白羅點點頭。

「我們必須把話說清楚，」他說，「你所需要的……也就是我準備提供的，是事實的真相。不過，請注意，即使真相水落石出，也可能沒有證據，我的意思是，沒有法庭上可以接受的證據。你明白嗎？」

「明白，」卡伯利說，「只要告訴我究竟發生了什麼事就行。至於國際糾紛的考慮、能不能採取行動，由我來負責決定。無論如何，總得理出個頭緒來，不能這樣亂糟糟的，我不喜歡亂七八糟。」

白羅笑了。

「還有一件事，」卡伯利上校說，「我不能給你太多時間。我不能無限期地把這些人留在這裡。」

白羅靜靜說道：「留住他們二十四小時就好。明天晚上，你就會知道事實真相。」

卡伯利上校緊盯著他看。

「你很有自信，對吧？」他問。

「我知道自己的能耐。」白羅輕聲說道。

這種和英國人迥異的態度，讓卡伯利上校很不自在。他移開眼神，捻了捻雜亂的鬍鬚。

「那麼，」他咕噥道，「這件事就交給你了。」

「如果你真辦到了，」傑勒德醫生說，「我的朋友，那你就真是個天才！」

16

莎拉·金恩探詢的目光對著赫丘勒·白羅打量了好一陣子。她注意到他的蛋形腦袋、八字鬍、時髦的外貌，還有黑得可疑的頭髮。她眼中升起一抹疑雲。

「小姐，你滿意了嗎？」

和他有趣而調侃的目光相遇，莎拉的臉泛起紅暈。

「對不起，你說什麼？」她帶著尷尬問道。

「套句我最近才學到的詞彙，你把我『大致瀏覽』了一番，對吧？」

她微微一笑，說道：「你大可以其人之道還治其人之身。」

「那是當然。而我剛才也這樣做了。」

他的口氣似乎暗藏玄機，她犀利的眼神掃了他一眼，只見白羅正洋洋自得地撚弄著鬍子。莎拉再次心想，這人是個江湖郎中！

她又恢復了自信，坐直身子，口中說道：「我不太清楚這次會談的目的是什麼。」

「傑勒德醫生沒對你說？」

莎拉皺著眉頭說道：「我不懂醫生的意思，他似乎認為……」

白羅順口背出一句：「『丹麥之國有腐惡之氣』，」接著說道：「你看，我知道貴國的莎士比亞。」

莎拉揮揮手，把莎士比亞拂到一邊。

「這樣大費周章，究竟是為了什麼？」她質問道。

「好。我們都想知道這件事情的真相，對吧？」

「你是指柏敦夫人的死因嗎？」

「是的。」

「這不是庸人自擾嗎？當然，白羅先生，你是專家，自然會……」

白羅替她把話說完。

「自然會懷疑有犯罪的存在，只要我能找到懷疑的理由？」

「呃……是的，或許吧。」

「你自己對柏敦夫人的死難道就沒有任何懷疑嗎？」

莎拉聳聳肩。

「說真的，白羅先生，如果你親自走一趟佩特拉，你就會明白，對原本心臟就衰弱的老太太來說，這樣的旅行很折磨人。」

「所以你認為她的死是順理成章？」

「當然。我不懂傑勒德醫生在想什麼。他當時發燒病倒了，什麼都不知道。我對他淵博的醫學知識非常心服口服，可是就這件事而言，他實在毫無用武之地。如果他們願意——如果他們對我的判斷不滿意——我認為他們可以在耶路撒冷解剖屍體。」

白羅沉默片刻，說道：「金恩小姐，有件事你不知道，傑勒德醫生可能沒告訴你。」

「什麼事？」莎拉問。

「醫生的旅行藥箱裡少了一種藥——洋地黃毒素。」

「噢！」莎拉立刻意識到這個新發展所代表的意義，而她同時也想到了駁斥的理由。

「傑勒德醫生對這件事很肯定嗎？」

白羅聳聳肩。

「小姐，你應該知道，醫生的措詞一般都是相當謹慎的。」

「是，當然，這不用說。不過，醫生那時候正好瘧疾發作。」

「確實如此。」

「他知道藥是什麼時候被拿走的嗎？」

「他到達佩特拉的那天晚上，曾經開過藥箱。當時他頭痛得厲害，想拿點退燒藥。第二天早上，他把退燒藥放回去，關上藥箱，那時候他幾乎可以肯定，所有的藥都完備無缺。」

「幾乎？」莎拉說。

白羅聳聳肩。

「沒錯，他不能完全肯定。在這種情形下，任何誠實的人都不可能會有百分之百的把握。」

莎拉點點頭。

「是，我明白，話要是說得太滿，反而就不可信了。但不管怎麼說，白羅先生，這些證據簡直微不足道。在我看來——」

她沒說完，白羅為她把話接下去。

「在你看來，我這樣的調查完全是魯莽行事。」

莎拉正視著他的臉。

「坦白說，沒錯。白羅先生，你說這像不像是《羅馬假期》的劇情呢？」

白羅笑了。

「你是說，警方為了讓赫丘勒·白羅玩點偵探遊戲自娛，不惜讓一個家庭的私生活受到干擾和侵犯？」

「我無意冒犯，但事實上是不是有點可能呢？」

「這麼說，金恩小姐，你是站在柏敦家那邊了？」

「是的。他們已經受了很多罪，不該再讓他們受苦了。」

「那個媽媽非常獨裁，令人討厭，死了最好。這樣也對嗎，呃？」

「如果你這麼看，」莎拉頓了頓，紅著臉繼續說道，「我承認，是不該有這種想法。」

「但無論如何，有人是這麼思考的。例如你，小姐，你就是。而我，可不是這樣想的！對我來說，無論受害者是上帝的聖徒，還是聲名狼藉的惡魔，我的立場不動如山。事實依然是事實——一條人命被奪走了。就如我常說的，我絕不認同謀殺。」

「謀殺？」莎拉倒吸一口氣。「有證據嗎？你想像力未免太豐富了！連傑勒德醫生自己都不敢肯定！」

白羅平靜地說道：「小姐，我們還有其他證據。」

「什麼證據？」她厲聲問。

「死去的老太太手腕上有個針孔。不只如此，在耶路撒冷，一個晴朗、安靜的夜晚，我去關臥室的窗戶時，無意間聽到一句話。金恩小姐，你想知道我聽到了什麼嗎？我聽到雷蒙．柏敦先生說：『你很清楚，她非死不可，對吧？』」

他看見莎拉的臉上慢慢失去血色。

她說：「你聽到了這句話？」

「是的。」

女孩直直瞪著前方，好不容易才開了口。「只有你這種人才會聽到。」

他同意。「是啊，就是我這種人才會聽到。這種事常有。你現在明白為什麼我認為有必要調查了吧？」

莎拉靜靜說道：「我想你做得對。」

「啊，那麼你會幫我嗎？」

「當然。」

她的聲音平板，不帶一絲感情，完全是就事論事的模樣，雙眼冷冷地迎向他的視線。

白羅點頭表示謝意。

「謝謝你，金恩小姐。現在，我想請你好好回憶一下，告訴我那天究竟發生什麼事。」

莎拉思索片刻。

「讓我想想。早上我出去散步，柏敦一家沒有人和我們同去。午餐時分我見到他們。我們進帳篷時，他們都快吃完了。柏敦夫人的脾氣似乎反常的好。」

「據我所知，她通常並不和氣。」

「根本就沒和氣過。」莎拉做了個鬼臉。

接著，她將柏敦夫人如何讓家人自由行動說了一遍。

「這也非比尋常吧？」

「的確，她一向把他們拴在身邊。」

「你認為，這可不可能是她幡然悔悟，也就是所謂的一時良心發現呢？」

「不，我不這麼認為。」莎拉坦言。

「那麼，你當時是什麼想法？」

「我覺得疑惑，懷疑她要玩『貓抓老鼠』的遊戲。」

「你能說得更具體嗎，金恩小姐？」

「貓故意放走老鼠，再抓住牠，以此為樂。柏敦夫人也有那種心態。當時我以為她又要耍什麼詭計了。」

「後來呢？」

「柏敦一家便出發了……」

「所有人嗎？」

「不是，小女兒潔妮弗拉沒去，她母親要她去休息。」

「她願意嗎？」

「不願意，但沒有用。她母親要她怎麼做，她就得怎麼做。其他人出發後，傑勒德醫生和我趕上了他們……」

「那是什麼時候？」

「大約三點半。」

「柏敦夫人那時候在哪裡？」

「娜汀，她的大媳婦，已將她安置在石洞外的椅子上坐好了。」

「請繼續說。」

「轉過彎道後，傑勒德醫生和我趕上了他們。我們一起走了一段路，醫生就回去了。他看起來很不舒服，我看得出他在發燒。我想陪他一起回去，可是他說什麼也不肯。」

「那是什麼時候？」

「哦，我想是四點左右。」

「其他人呢？」

「我們繼續往前走。」

「你們都走在一起嗎？」

「一開始是，後來就分開了，」彷彿已預知下個問題似的，莎拉急忙說下去。「娜汀和柯普先生走一條路，卡蘿、倫諾思、雷蒙和我走另一條。」

「一直是這樣嗎？」

「呃，不是。後來雷蒙和我離開了其他人。我們坐在岩石上對著那片荒原景色欣賞了好一會兒，然後他就離開了，而我又待了一陣。我一看錶，已經快五點半，我知道我該回去了。六點鐘我回到營地，正好日落。」

「你在歸途中看到柏敦夫人了嗎？」

「我注意到她還坐在山脊的石洞前。」

「你不覺得奇怪嗎，她連動都沒動過？」

「我不覺得奇怪，因為前一天晚上我們到達時，她就是那樣不動如山地坐著。」

「原來如此。請繼續。」

「我走進大帳篷。除了傑勒德醫生和柏敦夫人，其他人都在。我回自己的帳篷梳洗後回來，他們端來晚餐，一個僕人去請老太太。他跑回來，說她病了。我趕了過去，她依然像先前那樣坐在椅子上，但我一摸她，就知道她已氣絕身亡。」

「你完全沒有懷疑，就認定她是自然死亡？」

「我沒有絲毫懷疑。我聽說她的心臟不好，只是不知道確切病因。」

「你認為，她就那樣坐著死去了？」

「是的。」

「沒有呼救？」

「是的，有時候事情就是如此。她甚至有可能是在睡夢中過去的。她很可能打了個盹。不管怎麼說，大半個下午整個營地裡的人都在睡覺，除非她大聲呼救，否則沒人會聽見。」

「你認為她死了多久？」

「關於這點，我當時的確沒有多想。顯然有一段時間了。」

「你說的『一段時間』是多久？」白羅問。

「這個……一個小時以上。有可能更久。岩石反射的熱氣會減緩屍體冷卻的速度。」

「一個小時以上。金恩小姐，你可知道，雷蒙．柏敦說，他在她死前半小時還跟她說過話，而她那時還活得好好的？」

她避開他的視線，只是搖搖頭。

「他一定是弄錯了，他和她說話的時間一定更早。」

「不，金恩小姐，並非如此。」

她直直瞪著他。他再次注意到她緊抿的嘴唇線條。

「嗯，」莎拉說。「我年紀輕，經驗不多，可是這一點我很有把握。我檢查柏敦夫人的屍體時，她已經死了至少一個小時！」

赫丘勒．白羅出其不意說道：「這是你的說詞，你也會堅持這麼說下去。那麼，為什麼柏敦先生會在他母親其實已死的情況下硬說她還活著呢？你能解釋嗎？」

「我不知道，」莎拉說，「他們這家人可能時間觀念都不強。他們是很神經質的。」

「金恩小姐，你和他們說過幾次話？」

莎拉沉默片刻，雙眉微蹙。

「我可以明確地告訴你，」她說，「我和雷蒙．柏敦在前來耶路撒冷的臥車通道上談過話。我和卡蘿．柏敦交談過兩次，一次在奧瑪清真寺，另一次是當天深夜在我的房間裡。隔天早上，我和娜汀．柏敦說過話。柏敦夫人去世的那天下午，我們大家一起出去散步。就這些了。」

「你從未跟柏敦夫人說過話嗎？」

她不安地紅了臉。

「有的，在她離開耶路撒冷的那一天，我和她說過幾句話。」她頓了頓，突然脫口而出：「事實上，我做了一樁大傻事。」

「是嗎？」

這個問號威權十足，莎拉雖然不情不願，還是將當時對話的情景生硬地描述了一番。

白羅似乎很感興趣，追問了不少細節。

「這件案子裡，柏敦夫人的心理狀態舉足輕重，」他說，「你是個局外人，一個不帶偏見的旁觀者，所以你對她的看法很重要。」

莎拉沒作聲。回想起那次對話，她依然覺得煩悶不安。

「謝謝你，金恩小姐，」白羅說，「現在，我要和其他幾位證人談談。」

莎拉站起身。

「對不起，白羅先生，不知道我能不能提個建議……」

「當然可以。」

「你何不先驗屍，知道你的懷疑是否合理後再進行面談呢？我認為你現在就這麼做是本末倒置。」

白羅誇張地揮揮手，口中說道：「這就是我赫丘勒．白羅的風格。」

莎拉緊抿著雙唇，離開了房間。

17

猶如橫渡大西洋的遠洋輪船駛入碼頭般，韋斯索姆夫人四平八穩地走進房間。阿瑪貝爾・皮爾斯小姐則像一條搖擺不定的小船緊跟在輪船後面開進來，她在角落裡一張質地粗糙的椅子裡坐下。

「白羅先生，你可以放心，」韋斯索姆夫人聲如洪鐘。「我會盡我一切力量來幫助你。我一向認為，我們每個人對這種事情都負有一份社會責任……」

在韋斯索姆夫人關於社會責任的演講持續了幾分鐘後，白羅技巧地插入一個問題。

「事發那天下午我記得很清楚，」夫人回答，「皮爾斯小姐和我會竭盡所能來幫助你。」

「噢，是的，」皮爾斯小姐近乎心醉神迷地嘆了口氣。「真是悲慘，不是嗎？死了……就那麼一眨眼的工夫。」

「兩位能不能告訴我，那天下午究竟發生了什麼事？」

「當然可以，」韋斯索姆夫人說，「吃完中餐，我決定午睡片刻。早上的遠行，讓我有點疲累。我並不是真的疲累，我很少疲累，事實上，我根本不知疲累為何物。在公眾場合，無論你實際感受如何，往往都得……」

白羅再度技巧地悶哼了一下。

「我剛說了，我打算小睡片刻，皮爾斯小姐能證明。」

「哦，是的，」皮爾斯小姐說，「早上爬山之後，我真是累壞了。那趟山路真是危險，雖然有趣，卻令人筋疲力盡。我恐怕沒有夫人那麼強健。」

「疲累，」韋斯索姆夫人說，「和其他東西一樣，都是可以克服的。我對這點很堅持，從不屈服於自己肉體的要求。」

白羅說：「午餐後，兩位就回自己帳篷了嗎？」

「是的。」

「那時候柏敦夫人正坐在她的石洞口嗎？」

「她的媳婦出門之前，已為她安置好在那裡坐下了。」

「你們兩個都看得見她嗎？」

「哦，是的，」皮爾斯小姐說，「她人就在對面。當然，中間隔著一段距離，而且是在我們上方。」韋斯索姆夫人加以解釋。「所有的石洞口都面向同一塊岩台，岩台下面搭著一些帳篷。營地這裡還有一條小溪，小溪對面是大帳篷和另外幾個帳篷。皮爾斯小姐和我的帳篷都靠近大帳篷，她的在右，我的在左。我們的帳篷開口都對著岩台，當然，還隔著一段距離。」

「據我所知，大約是兩百碼。」

「大概吧。」

「我這裡有一幅地形圖，」白羅說，「是翻譯員馬哈默德協助我完成的。」

韋斯索姆夫人立刻說，如果是這樣，那張圖很可能畫錯了。

「那人根本靠不住。我一直拿他說的話和我的旅行指南互相對照，好幾次他說的完全不對。」

「從我這幅地形圖看，柏敦夫人旁邊的石洞住的是她大兒子倫諾思和媳婦。雷蒙、卡蘿和潔妮弗拉的帳篷就在下面，不過偏右一些，幾乎正對著大帳篷。潔妮弗拉．柏敦右方是傑勒德醫生的帳篷，再過去是金恩小姐的。在小溪對岸，也就是大帳篷的左面，是你和柯普先生的帳篷。皮爾斯小姐的帳篷，一如您剛才所言，在大帳篷的右邊。請問這是否正確？」

韋斯索姆夫人不情不願地承認，據她所知，確是如此。

「謝謝，這下就清楚了。請繼續說，夫人。」

韋斯索姆夫人對他優雅地笑笑，接著說道：「三點四十五分左右，我去皮爾斯小姐的帳篷看她醒了沒有，邀她去散步。她正坐在帳篷口看書。我們約好半個鐘頭後出發，那時候會涼快些。我回到帳篷，看了約莫二十五分鐘的書，就去找皮爾斯小姐。她已經準備妥當，我們就出發了。營地裡好像每個人都在睡覺，附近半個人都沒有。我看到柏敦夫人孤零零的坐在上面，就對皮爾斯小姐建議，最好先去問問她需不需要什麼。」

「是的，就是這樣。當時我心想，夫人您真是體貼入微。」皮爾斯小姐囁嚅道。

「我覺得這是我的責任。」韋斯索姆夫人說道，神色甚是得意。

「可是她卻那麼無禮！」皮爾斯小姐叫出來。

白羅露出疑問表情。

「我們從岩台下經過，」韋斯索姆夫人解釋道，「我朝上頭喊了一聲，說我們要去散步，問她在我們離開之前有沒有什麼需要幫忙。結果呢，白羅先生，她唯一的回答就是哼一聲！哼一聲！她就那樣看著我們，好像我們……好像我們塵土不如似的！」

「真是太無禮了！」皮爾斯小姐說，臉都氣紅了。

「我得承認，」韋斯索姆夫人說，臉微微一紅。「我也說了不太動聽的話。」

「您沒錯，」皮爾斯小姐說，「在那種情況下，您那樣做是正當的。」

「請問你說了什麼？」白羅問。

「我對皮爾斯小姐說，她可能喝了酒！她的態度真是非常怪異，而且一直如此。我想這有可能是喝酒造成的。酗酒的壞處，我可是知之甚詳……」

白羅巧妙地將對話從酗酒上引開。

「事發當天，她的態度也是非常怪異嗎？例如進午餐的時候？」

「這——倒沒有，」夫人邊想邊說，「不，我得說，她那天中午的態度很正常。當然，我的意思是，就她那一類的美國人而言。」她語帶輕蔑地加上一句。

「她大罵那個僕人。」皮爾斯小姐說。

「哪個僕人？」

「就在我們出發前不久……」

「噢，對，我記得。她好像對那個僕人非常不滿！當然。」韋斯索姆夫人說，「身邊的僕人一句英語都不懂，是挺令人心煩的。可是旅行的時候一定要忍耐。」

「是哪個僕人？」白羅問。

「是營地裡的一個貝都因族僕人。他跑上去找她，我想一定是她派他去拿什麼東西，而他拿錯了——不過這只是我的猜測——總之她勃然大怒，把他嚇得抱頭鼠竄。她在後面衝著他揮舞著拐杖，破口大罵。」

「她罵了些什麼？」

「我們離得太遠，聽不清楚。至少我沒聽清楚。你呢，皮爾斯小姐？」

「我也聽不清楚。我想，她可能是派他去她小女兒的帳篷拿東西，也可能她是因為他進了她女兒的帳篷而怒不可遏，我不敢確定。」

「那人長什麼樣？」

這句話是對著皮爾斯小姐而發，她茫然地搖搖頭。

「我真的說不上來，他離得太遠了。在我看來，這些阿拉伯人長得都一樣。」

「他是中等偏高的身材，」韋斯索姆夫人說，「戴著當地人常戴的那種頭巾，褲子破破爛爛，打滿了補釘——真是不成體統——綁腿鬆鬆垮垮的。每個人都這樣，這些傢伙真該好好管教管教。」

「兩位能從營地裡的僕人中指認出這個人嗎？」

「恐怕不行。我們沒看到他的臉，太遠了。而且，就像皮爾斯小姐說的，這些阿拉伯人全都一個模子出來似的。」

白羅若有所思，口中說道：「不知道他做了什麼事，會讓柏敦夫人生那麼大的氣。」

「有時候他們還真令人難以忍受，」韋斯索姆夫人說。「我對一個僕人都交代得很清楚了，我說我要自己擦鞋，還打手勢告訴他，結果他還是把我的鞋給拿走了。」

「我也總是自己擦鞋，」白羅說道，一時之間岔了題。「我到哪裡隨身都帶著擦鞋用具，還有一塊撢巾。」

「我也是。」韋斯索姆夫人的聲音聽來很有人味。

「因為這些阿拉伯人從來不替你的東西撢灰……」

「真的是！我一天得撢三、四回呢……」

「不過這還是正確的。」

「是啊，確實。我不能忍受灰塵！」

韋斯索姆夫人一副鬥志激昂的模樣，她又激動地加了一句：「還有蒼蠅……市集上到處都是，真可怕！」

「唉，唉，」白羅說著，似乎有點愧疚。「我們很快就會找到那個僕人問問，柏敦夫人究竟為什麼大動肝火。兩位請繼續說吧。」

「我們慢慢走著，」韋斯索姆夫人說，「碰到了傑勒德醫生。他一路跌跌撞撞，看來很不舒服，我立刻看出他在發燒。」

「他在發抖，」皮爾斯小姐插了一句。「渾身抖個不停。」

「我立刻看出他是瘧疾發作，」夫人說，「我提議陪他一起回營地，給她一點奎寧，可是他說他自己有。」

「好可憐，」皮爾斯小姐說，「看到醫師生病感覺真可怕，好像不該如此。」

「我們繼續散步，」夫人說下去。「後來在一塊岩石上坐了下來。」

皮爾斯小姐喃喃說道：「是的，早上的運動……爬那一趟，真的好累……」

「我從來不知疲累為何物，」韋斯索姆夫人決然說道，「不過，再往前走也沒多大意思了。我們已經飽覽了附近的美景。」

「你們看得到營地嗎？」

「看得到，我們正面朝營地而坐。」

「真是浪漫，」皮爾斯小姐喃喃說道，「營地就駐紮在荒野裡一堆玫瑰紅色的岩石中。」

她滿足地嘆了口氣，搖搖頭。

「那個營地可以管理得更好，」韋斯索姆夫人說，木馬鼻的鼻翼掀動著。「我得和城堡旅行社再談談。我根本不知道飲用水有沒有過濾，是不是燒開了。一定要這樣，我得跟他們談談。」

白羅咳嗽一聲，趕緊將話題從飲用水上引開。

「你們看見其他遊客了嗎？」他問。

「看見了。柏敦夫人的大兒子和媳婦在回營地途中從我們身旁經過。」

「他們是一起回去的嗎？」

「不是，柏敦先生先回來，他似乎有點中暑，走路搖搖晃晃，大概是頭昏。」

「脖子後頭，」皮爾斯小姐說，「脖子後頭一定得保護好！我總是繫著一條厚厚的絲綢手巾。」

「倫諾思．柏敦先生回到營地後做了些什麼？」

皮爾斯小姐頭一次搶在韋斯索姆夫人之前開了口。

「他直接去見他的母親，不過沒有待太久。」

「多久？」

「就一兩分鐘。」

「要我說，就是一分鐘多一點，」韋斯索姆夫人說，「接著他就回到自己的石洞，後來又去了下面的大帳篷。」

「他太太呢？」

「她大概一刻鐘之後回來，還停下來和我們說了兩句，很有禮貌。」

「我覺得她人很好，」皮爾斯小姐說，「真的很好。」

「她不像她的家人那樣令人難以忍受。」

「你們看著她回到營地？」

「是的，她上去和婆婆打了招呼，接著進石洞搬了張椅子坐在婆婆身邊聊了一陣子，我想有十分鐘左右。」

「然後呢？」

「然後她把椅子搬回石洞，就走到下面的大帳篷找她丈夫去了。」

「接著發生什麼事？」

韋斯索姆夫人說：「那個怪怪的美國人——好像姓柯普——回來了。他告訴我們，山谷彎過去有一個地方，堪稱墮落的現代建築之典範，要我們可別錯過。我們就去了。柯普先生身上還帶了一篇關於佩特拉和納巴泰人的文章，挺有趣的。」

「非常有趣。」皮爾斯小姐大聲附和。

韋斯索姆夫人繼續說：「五點四十分左右，我們慢慢踱回營地，空氣已經頗有涼意。」

「柏敦夫人依然像你們離開時那樣坐著嗎？」

「是的。」

「你們和她說話了嗎？」

「沒有。事實上，我根本沒留意她。」

「接下來你們又做了什麼？」

「我回到帳篷換了雙鞋，拿著我自己帶的中國茶葉到大帳篷去。翻譯員在裡面，我叫他用我的茶葉替我和皮爾斯小姐泡茶，還叮嚀他一定要用開水泡。他說約莫半個鐘頭後就可以進晚餐了，僕人正在擺桌子。不過我說無所謂，還是把茶先泡上。」

「我總說，有杯茶一切就不一樣了。」皮爾斯小姐語焉不詳地喃喃說道。

「大帳篷裡可有別人？」

「噢，有的。倫諾思·柏敦夫婦坐在角落看書，卡蘿·柏敦也在。」

「柯普先生呢？」

「跑來跟我們一起喝茶，」皮爾斯小姐說，「雖然他說美國人沒有喝茶的習慣。」

韋斯索姆夫人咳嗽一聲。

「我有點擔心柯普先生會愈來愈討人厭……他很可能會纏著我不放。旅行的時候不容易保持距離，我覺得他們很容易放肆起來。尤其美國人，有時候相當遲鈍。」

白羅輕聲說道，語氣彬彬有禮。

「夫人，我相信您一定很善於處理這種局面。一旦同伴對您不再有用，我相信您輕易就能把他們打發掉。」

「我想，大部分局面我都應付得了。」韋斯索姆夫人洋洋得意說道。

她根本沒注意到白羅眼中閃爍的光芒。

「請兩位將當天發生的事情繼續說完，好嗎？」白羅輕聲說。

「好的。我記得雷蒙·柏敦和他家那個紅髮女孩不久也進了大帳篷。金恩小姐最後一個到。那時候已經準備開飯了。翻譯員派一個僕人去通知柏敦夫人，那僕人和另一個同伴跑回來，焦急地用阿拉伯語和翻譯員說了什麼。他提到柏敦夫人病了，金恩小姐主動表示可以幫忙，就和翻譯員一起出去了。回來後，她就向柏敦一家宣布了老太太的死訊。」

「她的語氣非常突兀，」皮爾斯小姐插了一句嘴。「就像是脫口而出。我認為她應該說得更委婉些才對。」

「老太太的家人聽到這消息後有些什麼反應呢？」白羅問。

這一回，韋斯索姆夫人和皮爾斯小姐似乎有點不知所措。最後還是韋斯索姆夫人開了口，不過顯然少了她一貫的自信。

「呃，這個，還真是難以啟齒。他們……他們聽到這消息，顯得非常平靜。」

「嚇呆了。」皮爾斯小姐說。

她這句話與其說是陳述事實，不如說是提出一種可能性。

「他們都跟著金恩小姐出了帳篷，」夫人又說，「皮爾斯小姐和我很理智，我們留在原地沒動。」

這時皮爾斯小姐眼裡微微露出一抹渴望的神色。

「我討厭低俗的好奇心！」夫人加了一句。

那份渴望的神情更明顯了，可以看出皮爾斯小姐當時也痛恨「低俗的好奇心」是迫不得已！

韋斯索姆夫人接著說：「後來，翻譯員和金恩小姐回來了。我提議立刻為我們四人開飯，這樣柏敦一家稍後回大帳篷進餐時，就不會有外人在場的尷尬。他們採納了我的建議。吃完飯我回到自己帳篷，金恩小姐和皮爾斯小姐也是。我相信柯普先生留在大帳篷裡，因為他是這家人的朋友，覺得自己可能幫得上忙。我知道的就這些了，白羅先生。」

「金恩小姐宣布死訊之後，柏敦家每個人都跟著她出去了嗎？」

「是的……不，你這麼一說，我倒想起來了。我想那紅髮女孩沒有跟去。你大概還記得吧，皮爾斯小姐？」

「是的，我想……我很確定她沒跟出去。」

白羅問：「她在做什麼？」

夫人瞪著他看。

「她在做什麼？白羅先生，就我記憶所及，她什麼都沒做。」

「我是說，她是不是在縫東西或者看書什麼的？她看起來是不是焦慮不安？可曾說過什麼話？」

「這個，其實……」夫人皺起眉頭。「她，呃，我只記得她就只是坐在那裡。」

「她在玩手指，」皮爾斯小姐突然接口。「我注意到了。我當時還想，可憐的小東西，這代表了她的感覺。她臉上倒是什麼表情都沒有，光是兩手翻來轉去，纏纏繞繞的。」

「有一回，」皮爾斯小姐開始聊起天來。「我就是那樣撕了一張一英鎊的鈔票而渾然不覺。當時我正在想：『我該不該搭頭一班火車趕去看她呢？（是我的一位姨婆，她突然生病了。）該不該呢？』我始終下不了決心。這時我低頭一看，原來以為拿在手上的電報，竟然是一張一英鎊的鈔票，而且已經被我撕成了碎片。一英鎊的鈔票啊！」

皮爾斯小姐的話戛然而止，頗具戲劇效果。

韋斯索姆夫人不甘於看到她的配角突然搶盡風采，冷冷說道：「白羅先生，還有別的事嗎？」

白羅一驚，彷彿剛從沉思中驚醒。

「沒有，沒有了。兩位敘述得非常清楚，非常明確。」

「我的記性好得很。」夫人說道，狀甚滿意。

「夫人，我還有最後一個小小的請求，」白羅說，「請保持這樣的姿勢……不要往旁邊看。現在，我想麻煩您為我描述一下皮爾斯小姐今天的穿著。當然，如果皮爾斯小姐不反對的話。」

「噢，沒問題，我一點也不反對！」皮爾斯小姐尖著嗓子說道。

「白羅先生，為什麼要……」

「夫人，請幫個忙，照我的話做！」

韋斯索姆夫人聳聳肩，以很不友善的語氣說道：「皮爾斯小姐穿著一件褐白相間的條紋針織衣服，繫著一條紅、藍、米三色的蘇丹式樣皮帶。她穿著米色絲襪和褐色發亮的繫帶涼鞋，左腿的絲襪有一處抽了絲。她戴一串寶藍色髓珠項鍊，還別了一枚鑲珍珠的蝴蝶胸針。她右手中指上是一枚仿製的聖甲蟲形戒指，頭上戴著一頂粉紅及褐色的雙邊軟帽。」她頓了頓，靜靜地讓其他人感受她的威力，接著冷冷問道：「還有別的事嗎？」

白羅誇張地攤開雙手。

「夫人，您真令我佩服得五體投地。您的觀察力真是出凡入聖。」

「很少有細節能逃過我的眼睛。」

韋斯索姆夫人站起身，微微頷首，離開了房間。

皮爾斯小姐跟在她身後，懊惱地盯著自己的左腿。這時白羅說道：「皮爾斯小姐，請稍等。」

「有事嗎？」皮爾斯小姐抬起頭，露出一絲不安的神色。

白羅有如說悄悄話般傾身向前。

「你看到桌上這束野花了嗎？」

「看到了。」皮爾斯小姐邊說邊瞪著白羅。

「你進房間的時候，注意到我打了幾個噴嚏嗎？」

「怎麼了？」

「你注意到在那之前，我聞過這束花嗎？」

「呃……其實，我不能肯定。」

「但你記得我打過噴嚏吧？」

「噢，是，這我記得。」

「啊，那就沒事了。我只是想，不知道是不是這些花引起我的花粉熱。沒什麼事！」

「花粉熱？」皮爾斯小姐叫道，「我一個表親就深受花粉熱之苦！她常說，如果每天用硼酸溶液洗鼻子……」

白羅好不容易打斷皮爾斯小姐的鼻病藥方，將她打發走了。他關上門，挑著眉毛回到房間。

「可是我並沒有打噴嚏，」他喃喃自語道，「多麼值得玩味。不，我根本沒有打噴嚏。」

18

倫諾思．柏敦走進房間，步履輕快而堅定。如果傑勒德醫生在場，一定會驚嘆這人變化如此之大。雖然他明顯流露出緊張，但麻木不仁的模樣已蕩然無存，神色一派機警，兩眼瞄來瞄去，打量著房裡的一切。

「早安，柏敦先生，」白羅起身，行禮如儀地欠身致意，倫諾思趕忙回禮，有點手忙腳亂。「謝謝你來和我談談。」

倫諾思．柏敦的聲音很遲疑。

「卡伯利上校說這樣比較好……是他建議我來的，說是例行程序。」

「柏敦先生，請坐。」

倫諾思在韋斯索姆夫人剛才坐過的椅子上坐下。白羅閒話家常似的繼續說道：「我想，這件事讓你受了很大的驚嚇吧？」

「是，當然。呃，不，其實也不盡然……我們都知道，母親的心臟不太好。」

「既然如此，為她安排這樣吃力的旅行是不是不太明智呢？」

倫諾思．柏敦抬起頭，帶著一種可悲的尊嚴說道：「白……呃，白羅先生，我母親是很獨斷獨行的。這是我母親的決定；只要她說一，我們絕不敢說二。」

說到最後幾個字時，他深深吸了一口氣，臉色突然變得很蒼白。

「我很了解，上了年紀的老太太有時候是很固執。」白羅說。

倫諾思煩躁地說：「這一切是為了什麼？我很想知道。這些例行程序究竟所為何來？」

「柏敦先生，你可能不知道，對於突如其來而又難以解釋的死亡案件，這些程序是必不可少的。」

倫諾思厲聲問道：「你說『難以解釋』，這是什麼意思？」

白羅聳聳肩。

「我們總要考慮到一個問題：這是自然死亡嗎？有沒有可能是自殺？」

「自殺？」倫諾思．柏敦瞪大眼睛。

白羅輕聲說道：「當然，你對種種可能性是心知肚明，而卡伯利上校則是一無所知。他必須決定是否要進行調查，例如驗屍這類的事情。正好我人在此地，而我對這些事情又經驗豐富，所以他希望我先和各位談談，給他一些建議。當然，在可能的情況下，他並不希望為各位帶來不便。」

倫諾思．柏敦憤憤地說：「我要打電報給耶路撒冷的美國領事。」

白羅不置可否。

「你當然有權這樣做。」

一陣靜默後，白羅攤開雙手說道：「如果你不願意回答我的問題……」

倫諾思．柏敦急忙回答：「不是這樣的。只是，這一切……好像根本沒必要。」

「我懂你的意思，我完全理解。不過，這一切非常單純，真的。如你所說，不過就是例行程序罷了。柏敦先生，在你母親去世的那個下午，你離開過佩特拉營地去散步，對吧？」

「是的，我們都去了，除了我母親和小妹。」

「你母親當時正坐在她的石洞口嗎？」

「是的，就在洞口外。她每天下午都坐在那裡。」

「這樣啊。你們什麼時候出發的？」

「我想是三點鐘剛過。」

「你是什麼時候回營地的？」

「我不敢確定……四點、五點都可能。」

「是在你們出去一兩個小時之後？」

「是的，我想差不多。」

「你回來的路上遇到過什麼人嗎？」

「什麼？」

「你可曾遇到過什麼人？譬如說，兩位坐在岩石上的女士？」

「不知道。噢，我想是碰到過。」

「當時你是不是正專心想事情，所以沒有留意？」

「是的。」

「你回營地後，和你母親說過話嗎？」

「說過。」

「她可曾抱怨身體不舒服？」

「噢，沒有，她看來好得很。」

「能不能請你告訴我，你們談了些什麼？」

倫諾思沉默片刻。

「她說我回來得挺早的，我說是啊。」他再度沉默，努力想集中精神。「我說天氣真熱。她……她問我幾點了，說她的錶停了。我從她的手腕取下錶，上了發條，對好時間，又為她戴上。」

白羅輕聲打個岔。

「那時候是幾點？」

「啊？」倫諾思一愣。

「你對錶的時候是什麼時間？」

「哦，我懂了，是……是四點三十五分。」

「這麼說來，你知道你回營地的確切時間。」白羅輕聲說道。

倫諾思臉紅了。

「是啊，我真蠢！對不起，白羅先生，恐怕我到現在還是恍恍惚惚，這件事弄得……」

白羅立刻接口。

「噢，我了解，非常了解。這種事確實會令人心神不寧。後來又發生了什麼事呢？」

「我問母親需不需要什麼，要不要喝點茶或咖啡，她說不用。於是我就去了大帳篷。附近好像一個僕人都沒有，不過我找到一點蘇打水喝了；我很渴。我坐在那裡看了幾份過期的《週六晚報》。我想，我一定是打了個盹。」

「後來你太太就到大帳篷來找你？」

「是的，沒多久她就來了。」

「你母親去世前，你有再見過她嗎？」

「沒有。」

「你和你母親談話的時候，她一點都沒有焦躁或生氣的樣子？」

「沒有，完全和平常一樣。」

「她沒有提到有個僕人惹了麻煩或是惹她生氣？」

倫諾思瞪著他看。

「沒有，一點都沒提到。」

「你能告訴我的就只有這些嗎？」

「是的，恐怕就這些了。」

「謝謝你，柏敦先生。」

白羅點點頭，表示會面結束了。倫諾思似乎不太願意離去，遲疑地站在門口。

「呃——沒別的事了嗎？」

「沒事了。麻煩你去請你的太太過來，好嗎？」

倫諾思慢慢走出去。白羅在一旁的便條紙上寫下「倫．柏，下午四點三十五分」。

19

白羅深感興趣地看著那位身材修長、神態端莊的少婦走進房間。他站起身，禮貌地點頭致意。

「是倫諾思·柏敦夫人？赫丘勒·白羅承蒙指教。」

娜汀·柏敦坐下，若有所思的眼眸定在白羅身上。

「夫人，很抱歉在你悲痛的時候打擾你，希望你不會介意。」

她的目光毫不畏縮，也不立即回答，沉穩嚴肅的眼神依然定定地盯著白羅。終於她嘆了口氣，說道：「白羅先生，我想我最好對你實話實說。」

「夫人，我也希望這樣。」

「你剛才向我道歉，說在我悲痛的時候打擾我。白羅先生，我並不感到悲痛，裝也沒用。我對婆婆並沒有感情。我不能騙人，說我為她的死感到傷心。」

「夫人，謝謝你如此坦誠相告。」

娜汀繼續說道：「不過，雖然我不會假裝傷心，我承認我有另一種心緒——悔恨。」

「悔恨？」白羅挑起眉頭。

「是的。因為，她的死是我造成的，我對此自責不已。」

「夫人，你這話是什麼意思？」

「我的意思是，我要對我婆婆的死負責。我原本只想誠實為上，結果卻造成了不幸。可以這麼說……是我殺死了她。」

白羅往椅背一靠。

「夫人，能不能請你解釋一下？」

娜汀垂下頭。

「好，我正打算這麼做。當然，我一開始的反應是打算將它當作一己的私事保密到底，但我發現還是實話實說的好。白羅先生，我想，經常有人對你傾吐內心深處的祕密吧？」

「確實。」

「那我就簡單告訴你事情的經過。我婚後的生活並不幸福。但這不能全怪我丈夫……他很不幸，始終處於他母親的掌控下。可是我發現我的生活愈來愈難以忍受，而這種感覺已持續一段時日了。」她頓了頓，繼續說下去。「我婆婆去世的那天下午，我做了決定。我有一位朋友，非常好的朋友，他不止一次提議我跟他走。那天下午，我接受了他的提議。」

「你決定離開你的丈夫？」

「是的。」

「請往下說，夫人。」

娜汀的聲音更低了。

「既然心意已決，我就想……想盡快付諸行動。我獨自回到營地，我婆婆一個人坐在那裡，附近別無旁人，我決定當下就告訴她我的打算。我拿了張椅子在她身旁坐下，將我的決定開門見山地告訴她。」

「她大吃一驚？」

「是的，我相信這消息對她來說有如青天霹靂，她又驚又怒，非常生氣。她……她大發雷霆。我不想再繼續討論，便起身離開了。」她的語氣一沉。「我……這是她死前我最後一次見到她。」

白羅緩緩點點頭，說：「原來如此。」接著又說：「你認為，她是因為受到這個打擊而死的？」

「我深信如此。她參加這趟旅行本來就已勞累過度，而我告訴了她這個消息，引起她勃然大怒，結果就……我感到格外內疚，因為我受過護士訓練，對疾病有所了解，我應該比任何人都清楚發生這種事的可能性。」

白羅沉吟片刻才說道：「你離開她之後做了些什麼？」

「我把搬出來的椅子放回石洞，然後去了大帳篷。我丈夫在那裡。」

白羅緊盯著她，說道：「你去告訴他你的決定，還是之前你已告訴了他？」

靜默……只有那麼一秒鐘，娜汀旋即說道：「我是那時候才告訴他的。」

「他有什麼反應？」

她平靜地回答：「他很難過。」

「他有沒有請你重新考慮你的決定？」

她搖搖頭。

「他……他沒多說什麼。我們心裡都有數，這事遲早會發生。」

白羅說：「恕我直言，那位第三者是傑斐遜．柯普先生？」

她低下頭。

「是的。」

頗長一陣靜默後，白羅不動聲色地問道：「你是不是有個皮下注射器，夫人？」

「有的……沒有。」

他挑起眉毛。

她解釋道：「我的旅行藥箱裡有個舊的皮下注射器，不過放在大行李袋中，留在耶路撒冷了。」

「原來如此。」

又是一陣靜默，接著她開了口，聲音因為不安而帶著顫抖。

「你為什麼要問這個，白羅先生？」

他沒有回答，自顧自地問下去。

「據我所知，柏敦夫人生前有服用一種含有洋地黃鹼的混合藥劑，是嗎？」

「是的。」

他感覺她明顯有了戒心。

「是治療心臟病用的？」

「是的。」

「在某種程度上，洋地黃這種藥的藥效會在人體內堆積？」

「我想是的，但我對它所知不多。」

「如果柏敦夫人服用了大量的洋地黃……」

她迅速而堅定地打斷他的話。

「她沒有，她一向小心謹慎，我為她量藥、倒藥時也是。」

「或許這一瓶洋地黃鹼正好過量了。有沒有可能是藥劑師配錯了？」

「我想這種可能性微乎其微。」她的回答依然冷靜。

「那麼，只要做個化驗分析，很快就能知道。」

娜汀說：「很不幸，那個瓶子已經摔破了。」

白羅突然很感興趣地看著她。

「是嗎？是誰摔破的？」

「我不太清楚，大概是哪個僕人吧。他們將我婆婆的屍體抬入石洞時亂成一團，光線又暗，有張桌子給撞倒了。」

白羅定睛看了她一兩分鐘。

「這……」他說，「真是非常有意思。」

娜汀·柏敦慨慨地調整了一下坐姿。

「難道你在暗示，我婆婆並不是因為受到打擊而死，而是死於服食過量的洋地黃？」她繼續說下去。「在我看來，這絕無可能。」

白羅傾身向前。

「傑勒德醫生——留在營地的那個法國醫生——發現他藥箱裡少了大量的洋地黃毒素。現在，你還堅持你的看法嗎？」

她的臉色變得蒼白，擱在桌上的手緊握成一團。她垂下眼瞼，靜靜坐著，宛如一尊聖母瑪利亞的石雕。

「夫人，」白羅終於打破沉默。「你對這件事有什麼要說的嗎？」

時間分秒過去，而她始終一語不發。過了至少兩分鐘，她才抬起頭來，而當他看到她眼中的神色，不禁微微一驚。

「白羅先生，我並沒有殺死我婆婆。這點你很清楚。我離開她的時候，她還活得好好的。很多人都可以為我作證！我是清白的，所以才敢斗膽向你提出懇求。你為什麼要蹚這池渾水呢？如果我以我的名譽發誓，這件事是符合公理的，是絕對的公正，你依然不肯放棄調查嗎？痛苦已經夠多了……你不會明白的。現在大家總算得到寧靜，有了幸福的曙光，難道你一定要毀掉這一切嗎？」

白羅坐得筆直，眼中閃爍著奇異的光芒。

「我得弄清楚一件事，夫人。你到底希望我怎麼做？」

「我說我婆婆是自然死亡，我請求你接受這個說法。」

「我們不妨說得更明白一點：你相信你婆婆是遭人蓄意謀殺而死，而你在求我放過凶手！」

「我在求你發發慈悲！」

「是啊，對毫無慈悲之心的人發慈悲！」

「你不明白，事情不是這樣的。」

「你怎麼這麼清楚呢，夫人？難道是你下的手？」

娜汀搖搖頭，臉上看不出絲毫的罪咎。

「不是。」她平靜說道，「我離開她的時候，她還活著。」

「後來呢？發生了什麼事？你是不是知道什麼……或者，你有所懷疑？」

娜汀激動地說：「白羅先生，我聽說在『東方快車謀殺案』中，你最後接受了官方說法，對不對？」

白羅好奇地看著她。

「是誰告訴你的？」

「是真的嗎？」

他緩緩說道：「那件案子……不一樣。」

「不，沒有什麼不一樣！被殺死的那個人惡貫滿盈——」她的聲音低了下去。「她也一樣……」

白羅說：「被害人的道德操守和案件本身無關。一個人私自進行判決，奪去他人的生命，這樣的人是社會群體中的不安因子。這是我說的，我，赫丘勒．白羅說的！」

「你真是頑固！」

「夫人，在某些方面我的確冥頑不靈。我對謀殺絕不寬容！這是赫丘勒．白羅最後要說的。」

她站起身，黑眼珠突然閃著怒火。

「那麼你就繼續吧！為無辜者的生活帶來痛苦和毀滅吧！我已無話可說。」

「可是，夫人，我認為你還有很多可說的……」

「不，我無話可說。」

「有的。你離開你婆婆之後，發生了什麼事？就是當你和丈夫一起待在大帳篷裡的時候？」

她聳聳肩。

「我怎麼知道？」

「你一定知道……或者你有所懷疑。」

她直直望進他的眼睛。

「我什麼都不知道，白羅先生。」

她轉身離開了房間。

／20

在便條紙上記下「娜・柏，四點四十分」後，白羅開門喚來卡伯利上校留給他的勤務兵。這個勤務兵很聰明，英語不錯，白羅派他去請卡蘿・柏敦小姐。

他興致勃勃地看著那女孩走進房間。他注視著她栗色的頭髮、長頸上的頭部姿態，形狀優美的雙手和她神經質的動作。

「柏敦小姐，請坐。」

她順從地坐下，臉上沒有一絲血色，也毫無表情。白羅以一番表示同情的客套話開場，女孩只是默默的聽，表情絲毫未變。

「柏敦小姐，能不能請你敘述一下，事發當天下午你都做了什麼？」

她立刻開始回答，令人不禁懷疑她是否事先演練過。

「午餐後，我們都外出散步。我回到營地……」

白羅打斷了她。

「等一下，在你回營地之前，你們一直都走在一起嗎？」

「不，我多半是和哥哥雷蒙還有金恩小姐一起走。後來則是我一個人閒逛。」

「謝謝。你剛才說到你回到營地。你知道大概的時間嗎？」

「我想大概是五點過十分。」

白羅記下「卡．柏，五點十分」。

「然後呢？」

「我母親依然坐在原地。我上去和她說了幾句話，就回我的帳篷去了。」

「你還記得你們兩位的對話嗎？」

「我說天氣很熱，想去躺一會兒，我母親說她想繼續坐下去。就這樣。」

「她的神情和平時有沒有什麼不同？」

「沒有，至少沒有……」

她猶豫地住了嘴，望著白羅。

「小姐，你從我這裡是找不到答案的。」白羅靜靜說道。

「我只是在回想。我當時並沒有太留意，不過現在想起來……」

「怎麼樣？」

卡蘿慢慢說道：「確實，她的臉色很怪異，臉很紅，比平時要紅。」

「她像是剛剛受過刺激嗎？」白羅暗示道。
「刺激？」她瞪著他看。
「是的，比如說，和某個阿拉伯僕人爭吵過。」
「哦！」她的臉色豁然開朗。「對，有可能。」
「她沒有提到這樣的事嗎？」
「沒有，一點都沒提到。」
「然後呢？」白羅又問。
「我回到自己的帳篷，躺了大約半個小時，之後就去了大帳篷。我大哥、大嫂在那裡看書。」
「而你做了什麼呢？」
「哦，我做了點女紅，又挑了本雜誌看。」
「你在去大帳篷的路上，沒有再和你母親說過話？」
「沒有，我是直接過去的，根本沒朝她那邊看。」
「然後呢？」
「我一直待在大帳篷裡，直到……直到金恩小姐來告訴我們她死了。」
「柏敦小姐，你所知就只有這些？」
「是的。」

白羅彎身向前，語調未變，依然一派輕鬆，像聊家常一般。

「柏敦小姐，你有什麼感覺？」

「我有什麼感覺？」

「是的，當你得知你母親……對不起，應該是你繼母吧？當你得知她的死訊時，你有什麼感覺？」

她瞪著他。

「我不明白你的意思。」

「我想你很明白。」

她垂下眼瞼，支支吾吾說道：「它……讓我非常震驚。」

「是嗎？」

血色霎時湧上她的雙頰，她無助地望著他，眼中流露出恐懼。

「柏敦小姐，這個消息真的讓你非常震驚嗎？你還記得你和你哥在耶路撒冷的那晚所進行的談話嗎？」

這一擊正中要害，她的雙頰再度失去血色。

「你知道那次談話？」她輕輕說道。

「是的，我知道。」

「你怎麼會知道……怎麼可能？」

「我無意間聽到你們部分的談話。」

卡蘿．柏敦將臉埋進雙手，啜泣得連桌子也隨之搖動。

「噢！」

赫丘勒．白羅稍待片刻後，平靜說道：「你們當時正在共謀要除去你們的繼母。」

卡蘿抽抽噎噎啜泣道：「那天晚上，我們瘋了……瘋了！」

「或許吧。」

「你不可能了解我們的處境！」她直起身子，將飄在臉上的頭髮拂到腦後。「這種事聽起來匪夷所思。在美國的時候還沒那麼糟，可是一出來旅行，讓我們看得好清楚。」

「看清楚什麼？」他的聲音現在和善可親，充滿同情。

「我們……我們的與眾不同。我們，我們已經無路可走了，更何況，還有潔妮。」

「潔妮？」

「我小妹，你還沒見過她。她愈來愈……呃，古怪了。母親使得她更加惡化，可是她好像感覺不到。我們——雷和我，很擔心潔妮會——會發瘋！而且，我們看得出娜汀也這樣想，這使得我們更擔心，因為娜汀懂得醫護這一類的事情。」

「所以呢？」

「在耶路撒冷的那個晚上，我們的情緒爆發了！雷失去了控制。他和我都非常激動，我們覺得那樣的計畫是……噢，真的，我們覺得是正當的！母親……母親她不正常。我不知道你怎麼想，可是有時候殺人似乎是正當，甚至是高尚的！」

白羅緩緩點點頭。

「確實，我知道很多人都有過這種想法。這在歷史上不乏先例。」

「雷和我就是這樣想的。那天晚上——」她的手往桌上一拍。「可是我們並沒有真的採取行動。我們當然沒有！第二天早上黎明到來後，整件事顯得荒唐可笑，就像一齣荒謬劇，而且也顯得十分邪惡！真的，真的，白羅先生，母親絕對是死於心臟衰竭。雷和我與她的死毫無干係。」

白羅平靜說道：「你能不能以你希望死後得救的靈魂向我發誓：柏敦夫人絕非死於你們兄妹之手？」

卡蘿抬起頭，以平穩、深沉的語氣說道：「我以我希望得救的靈魂發誓：我從來沒有傷害過她……」

白羅往椅背一靠。

「好，」他說，「沒事了。」

一陣靜默。白羅若有所思地撫弄著他那精心修剪的八字鬍，口中說道：「你們的計畫究竟是什麼？」

「計畫？」

「是的，你和你哥一定有個計畫。」

他在心中暗暗計時，看她要多久才能回答。一秒，兩秒，三秒。

「我們沒有計畫，」卡蘿終於開口。「我們還沒談到那一步。」

赫丘勒．白羅站起身來。

「柏敦小姐，沒別的事了。能不能請你哥哥到我這裡來？」

卡蘿站起身，躊躇了一會兒。

「白羅先生，你……你相信我的話吧？」

「我說過我不相信嗎？」白羅反問。

「沒有，可是……」她沒往下說。

他說：「請你哥哥過來好嗎？」

「好。」

她慢慢朝門口走去，在門邊她停下腳步，激動地轉過身子。

「我把真相都告訴你了……都告訴你了！」

赫丘勒．白羅沒有說話。卡蘿．柏敦慢慢走出房間。

21

雷蒙．柏敦步入房間，白羅注意到這對兄妹長得酷似。

他神情嚴肅而堅定，既不緊張也不害怕。落坐之後，他的眼神定在白羅身上，口中說：

「怎麼樣呢？」

白羅輕聲說道：「你妹妹跟你說了？」

雷蒙點點頭。

「是的，她去叫我的時候對我說了。當然，我知道你的懷疑很有道理。如果有人聽到我們那天晚上的談話，之後我繼母又突然去世，當然會心生疑竇。我只能向你保證，那次談話是……夜晚的瘋狂情緒所致！當時我們正處在難以忍受的壓力之下。殺死繼母的荒謬計畫算是……噢，我該怎麼說呢，讓我們發洩了強烈的情緒。」

赫丘勒．白羅緩緩低下頭。

「這個，」他說，「是有可能。」

「到了早上，這一切自然顯得荒謬透頂！白羅先生，我對你發誓，之後我再也沒有想過這件事！」

白羅沒有作聲。

雷蒙緊接著又說：「確實，我知道，這種話是說得容易，我不敢指望你會平白無故相信我的話。可是請你想想事實。我快六點的時候和我母親說過話，她那時還活得好好的。我回到帳篷梳洗後，就到大帳篷和其他人會合，之後我和卡蘿始終沒有離開過，每個人都能清楚地看見我們。白羅先生，你一定明白，我母親確實是自然死亡——死於心臟衰竭——不可能有其他原因！附近到處都是僕人，進進出出的多得是，你要是認為還有其他死因，那就太可笑了。」

白羅平心靜氣說道：「柏敦先生，金恩小姐在六點半檢查了屍體，她認為死亡時間至少是一個半小時、甚至是兩個小時以前。這個，你可知道？」

雷蒙瞠目結舌地望著他。

「莎拉說的？」他喘著大氣問道。

白羅點點頭。

「現在，你有什麼話要說？」

「可是……這是不可能的！」

「金恩小姐的證詞就是如此，而你卻告訴我，金恩小姐在進行驗屍前四十分鐘，你母親還活得好好的。」

雷蒙說：「這是事實！」

「請小心，柏敦先生，別亂說話。」

「莎拉一定弄錯了！一定有某些因素她沒考慮到，例如岩石反射熱氣之類的。白羅先生，我可以向你保證，我母親將近六點的時候還活著，我和她說過話。」

白羅一無表情。雷蒙急急地傾身向前。

「白羅先生，我知道你會怎麼想。但是，請你以公正的目光來看這件事。你已有偏見；你受各種事物的影響，勢必會有偏見。你一直生活在犯罪的氛圍中，每一樁突發的死亡事件，在你看來都有犯罪的可能！當你覺得不對勁，你的感覺其實未必可靠，難道你意識不到這一點嗎？每天都有人死去——尤其是心臟病患者——這種死亡並無邪惡之處。」

白羅嘆了口氣。

「這麼說來，你是在教我如何做我的老本行，是嗎？」

「不，當然不是。可是我的確覺得你有偏見，只因為那一段不當的對話。事實上，除了我和卡蘿那次令人遺憾而歇斯底里的大發洩之外，我母親的死別無任何可疑之處。」

白羅搖搖頭。

「你錯了，」他說，「還有別的。傑勒德醫生的藥箱裡被人拿走一些毒藥。」

「毒藥？」雷蒙瞪著他。「毒藥？」他把椅子向後一推，整個人呆若木雞。「原來你懷疑的是這個？」

白羅等了一兩分鐘才靜靜地開了口，語氣聽來簡直漫不經心。

「和你們的計畫不一樣，呃？」

「噢，是的。」雷蒙機械似地答道，「原來如此……一切都不一樣了……我，我已經被搞糊塗了。」

「你們的計畫是什麼？」

「我們的計畫？是……」

雷蒙突然煞住，眼神出現警覺之色，整個人警戒起來。

「我想，」他說，「我沒什麼可說的了。」

「悉聽尊便。」白羅說。

看著年輕人走出房間。

他拿起便條紙，以工整的小字記下最後一欄「雷．柏，五點五十五分」。

接著他拿出了一大張紙繼續寫。寫好後，他偏著頭往椅背一靠，凝視著自己的工作成果。紙上寫著：

柏敦一家和傑斐遜．柯普離開營地——三點五分（大約）

傑勒德醫生和莎拉・金恩離開營地——三點十五分（大約）
韋斯索姆夫人和皮爾斯小姐離開營地——四點十五分
傑勒德醫生回到營地——四點二十分（大約）
倫諾思・柏敦回到營地——四點三十五分
娜汀・柏敦回到營地並和柏敦夫人談話——四點四十分
娜汀・柏敦離開婆婆到大帳篷去——四點五十分（大約）
卡蘿・柏敦回到營地——五點十分
韋斯索姆夫人、皮爾斯小姐和傑斐遜・柯普回到營地——五點四十分
雷蒙・柏敦回到營地——五點五十分
莎拉・金恩回到營地——六點整
發現屍體——六點三十分

22

「我不明白。」赫丘勒．白羅說。

他摺好單子，走到門口要人找馬哈默德來。壯碩的翻譯員口若懸河，話語如洪水般噴湧而出。

「總是這樣，總是怪我。不管發生什麼事，永遠都是我的錯，都是我的錯。愛倫．亨特夫人從『犧牲之地』下來扭傷了腳踝也是我的錯，也不看看她少說也是六十歲的人了——搞不好已經七十——還穿著高跟鞋爬山。我這一生真是悲慘。啊，猶太人讓我們受了多少不幸和不公……」

白羅總算堵住了滔滔洪水，插進一個問題。馬哈默德回說：「你是說五點半？不，我想那時候附近一個僕人都沒有。午飯吃得晚，兩點鐘才開始，還要收拾碗筷什麼的，吃完午飯，僕人都睡午覺去了。對，美國人，他們不喝茶。三點半左右，我們都睡下了。到了五點鐘，我知道英國女士喝茶的時間到了，就出來了。我可是效率的化身，總是把我接待的女士先生們照顧得舒舒服服。可是營地一個人也沒有，他們都散步去了。對我來說這倒好，比平時好，因為我可以再睡個回籠覺。五點四十五分，麻煩來了，那個大塊頭的英國女人，非常壯的那一個，她回來了。僕人已經在擺桌子準備晚餐，可是她一定要喝茶，還囉哩叭唆一大堆，說水一定要開、我得親自看著什麼的。唉，老天！這是什麼生活，這是什麼生活！我盡我所能，卻老是挨罵，我……」

白羅問起柏敦老夫人責備僕人的事。

「還有一件小事。死去的老太太曾經對一個僕人發過脾氣。你可知道是哪個僕人，為了什麼？」

馬哈默德高高舉起雙手。

「我該知道嗎？當然不是。老太太可沒跟我抱怨過。」

「你能查出來嗎？」

「不能，老天，這是不可能的。沒有哪個僕人會承認。你是說老太太發脾氣了？這些僕人當然不會說。阿卜杜勒會說是穆罕默德，穆罕默德說是阿齊茲，阿齊茲硬說是埃薩，皮球推來推去。他們都是笨得要命的貝都因人，什麼都不懂。」他換了一口氣，接著又說：「可是我不一樣，我受過教會教育。我可以給你背濟慈、雪萊的詩……」接下來是一番不知所云的背誦。

白羅渾身直起雞皮疙瘩。雖然他的母語不是英語，不過英語不錯的他實在難以忍受馬哈默德古怪的發音。

「很棒！」他趕忙說道，「很棒！我一定要把你推薦給我所有的朋友。」

他設法從滔滔不絕的翻譯員身邊逃開，拿著單子去找卡伯利上校。上校正在他的辦公室裡。

卡伯利整整領帶……結果把它拉得更歪了，問道：「查出什麼結果了嗎？」

白羅說：「想聽聽我的理論嗎？」

「願聞其詳。」

上校邊說邊嘆了口氣。他這輩子聽過各式各樣的理論。

「我的理論是：犯罪學是世界上最簡單的科學。只要讓罪犯開口，遲早他會把一切都告訴你。」

「我記得你說過類似的話。這次道出真相的是誰？」

「每個人。」

白羅將他那天早上的幾次會談扼要敘述了一番。

「嗯，」卡伯利說，「沒錯，你或許掌握了一兩個要點，可惜的是，它們似乎指向不同的方向。到底真相大白了沒有？我只關心這個。」

「還沒有。」

卡伯利又嘆口氣。

「我就怕這樣。」

「不過，在天黑以前，」白羅說，「你會知道事情的真相。」

「昨天你也是這麼跟我打過包票，」上校說，「而我那時還不相信。你有把握嗎？」

「很有把握。」

「那種感覺一定很好。」

卡伯利上校眼底似有笑意，白羅裝作沒看見，拿出那張單子。

「好工整。」卡伯利上校讚賞道。

他俯身閱讀。過了一兩分鐘，他開口說：「你知道我是怎麼想的嗎？」

「如果你能告訴我，我會非常高興。」

「那個年輕人雷蒙·柏敦沒問題。」

「啊！你這樣認為？」

「沒錯。他心裡頭想什麼，我們是一清二楚。我們早該將他排除在外，因為他就像偵探小說裡那種最有嫌疑的人一樣。既然你聽到他說要除去老太太，這就表示他是無辜的！」

「你看偵探小說？」

「看過成千上百本。」卡伯利上校說完，又加上一段，語氣像個心中充滿渴慕的小學生。「我想你不會做書中偵探做的那些事吧？譬如開列一張重要事實的單子——有些事實看似無關緊要，其實卻極為關鍵。」

「哦，」白羅和顏悅色說道。「你喜歡那種偵探故事？我當然樂意為你這麼做。」

他拿起一張紙，迅速而整齊地寫下：

要點：

一、柏敦夫人服用含有洋地黃鹼的混合藥劑。

二、傑勒德醫生丟失了一個皮下注射器。

三、柏敦夫人以阻止其家人和他人交往為樂。

四、事發當天下午，柏敦夫人鼓勵她的家人出外，只留下她一個人。

五、柏敦夫人人是精神虐待狂。

六、大帳篷距離柏敦夫人所坐的地方（大約）兩百碼。

七、倫諾思·柏敦先生起初說不知道自己回營地的時間，後來卻承認曾為他母親的手錶對過時。

八、傑勒德醫生和潔妮弗拉·柏敦小姐的帳篷相鄰。

九、晚餐於六點半準備就緒，一個僕人被派去通知柏敦夫人。

上校仔細讀著這張單子，表情甚是滿意。

「帥極了！」他說。「就是這樣！你把事情弄複雜了——而且看似並不相關——絕對是神來之筆。順便說一句，你這裡好像漏掉一兩個明顯的事實。不過，我想你是要藉此來誘導我們這些呆子吧？」

白羅的眼眸閃出些許光芒，不過他沒作聲。

「比方說，第二點，」上校試探地說道，「『傑勒德醫生丟失了一個皮下注射器』。這是沒錯。不過，他還丟了洋地黃濃縮溶劑之類的東西。」

「這一點，並不比丟失注射器來得重要。」

「妙極了！」卡伯利上校說，興奮得滿面紅光。「我一點都不明白。要是我，就會說洋地黃比注射器重要得多！還有那個不斷出現的關鍵僕人呢？一個僕人被派去通知她晚餐準備好了，而她在下午稍早還衝著某個僕人揮舞手杖。你不會告訴我，是某個傻瓜僕人殺了她吧？因為，」上校正色加了一句：「那可就是騙人了。」

白羅笑笑，沒有說話。

他離開辦公室，一路上喃喃自語道：「難以置信！英國人就是長不大！」

23

莎拉．金恩坐在山顛，漫不經心地採摘著野花。傑勒德醫生坐在她附近的一堵粗糙石牆上。

她突然開口說話，語氣嚴厲。

「你為什麼要惹出這麼多事情來？要不是你……」

傑勒德醫生緩緩說道：「你認為我應該保持沉默？」

「沒錯。」

「即使是明知那些疑點？」

「可是你並不知道。」莎拉說。

法國醫生嘆了口氣。

「我真的知道。不過，我承認，一個人不可能有百分之百的把握。」

「當然可能。」莎拉毫不讓步。

醫生聳聳肩。「或許你有可能！」

莎拉說：「你當時發著高燒，腦筋不可能清醒。注射器很可能一直就放在那裡。至於洋地黃毒素，可能是你弄錯了，也可能是某個僕人動過藥箱。」

傑勒德含諷帶刺說道：「你用不著擔心！這種證據絕對不會被法庭採用。看著好了，你的朋友——柏敦一家——一定會全身而退！」

莎拉尖聲說道：「我希望的並不是這個。」

他搖搖頭。「你簡直不可理喻！」

「在耶路撒冷的時候，」莎拉質問道，「你不是說你不去管別人的閒事嗎？現在，看看你自己！」

「我並沒有管閒事。我只是道出我所知的事實！」

「但你並不知道事實。噢，老天，我們又轉回來了！我怎麼老在原地繞圈子？」

傑勒德醫生輕聲說：「金恩小姐，對不起。」

莎拉低聲說道：「你看，他們最後誰也沒能逃過……一個都逃不了！她還是陰魂不散！就算躺在墳墓裡，照樣能伸出手來抓住他們。她身上有種可怕的東西。而她雖然死了，還是一樣可怕！我感覺……感覺她現在正為這一切而高興呢！」

她握緊拳頭。突然語調一變，恢復了平日的輕快，說道：「那個小矮個子上山來了。」

傑勒德醫生朝身後望去。

「噢，我相信他是來找我們。」

「他人真的像他的外表那麼可笑嗎？」莎拉問。

醫生以嚴肅的語氣說：「他一點都不可笑。」

「就怕如此。」莎拉．金恩說。

她帶著陰鬱的眼神看著赫丘勒．白羅走上山來。

他總算走到他們身邊。他吁了一大口氣，擦擦額頭的汗，接著低下頭，哀傷地看著腳下的名牌皮鞋。

「老天！」他說，「這個國家怎麼全是石頭！我可憐的鞋子。」

「你可以向韋斯索姆夫人借擦鞋用具，」莎拉的口氣並不友善。「還有她的撣巾。她旅行的時候隨身總會帶著一套標準的女僕配備。」

「小姐，那也弄不掉這些刮痕。」白羅悲傷地搖搖頭。

「或許吧。在這種地方，為什麼要穿這樣的鞋？」

白羅側了側頭，說道：「我喜歡看上去 soigné[11]。」

11 法語，意思是「衣著整齊」。

「在沙漠裡，我會放棄這樣的奢望。」莎拉說。

「女人在沙漠中表現不出最佳狀態。」傑勒德醫生帶著夢幻般的陶醉神情說道，「可是這位金恩小姐，看上去永遠整潔清爽，恰到好處。不過韋斯索姆夫人就不同了，她那寬大的厚外套和裙子，還有那些可怕、毫不相配的騎馬服和靴子——quelle horreur de femme[12]！至於可憐的皮爾斯小姐，她的衣服總是鬆鬆垮垮，像枯萎的包心菜葉，還有那些響個不停的鍊子、珠子！連柏敦家那位大媳婦也一樣，她長得很漂亮，可是絕難稱得上你們所謂的『正點』！她的衣著一點吸引力也沒有。」

莎拉以不耐的語氣說道：「我想白羅先生爬到這裡來，可不是要跟我們談論服裝！」

「確實，」白羅說，「我是來向傑勒德醫生請教的，他的看法對我來說彌足珍貴。當然，你的看法也一樣，金恩小姐，你年輕，又深諳最新的心理學研究。我希望兩位將你們所知的柏敦老夫人，言無不盡地告訴我。」

「你不是早已了然於胸了嗎？」莎拉問。

「不。我有一種感覺……其實不只是感覺，我深信，在這樁事件中，柏敦老夫人的心態至為重要。毫無疑問，傑勒德醫生對她這類型的心理脈絡非常熟悉。」

「以我的角度來看，她確實是個耐人尋味的研究對象。」醫生說。

「願聞其詳。」

傑勒德醫生興致勃勃，將自己對這家人的興趣、他和傑斐遜·柯普的談話、後者對整個局勢的錯誤看法描述了一番。

「這麼說，他是個理想主義者。」白羅說。

「基本上是。他的理想其實是建立在根深柢固的惰性本能上。只看到人性中美好的一面，把世界看成是一個樂園，無疑是最容易行走的人生道路！只是這麼一來，傑斐遜·柯普對人世間的真實情境就一無所知了。」

「有時候這種態度很危險。」白羅說。

醫生繼續說下去。

「他堅決認為我稱為『柏敦困境』的狀態，是出於一種忠於家庭的愛，只是方法用得不對。至於它背後的憎恨、反叛、奴役和痛苦，基本上他毫無概念。」

「這真是愚蠢。」白羅評論道。

「話說回來，」傑勒德醫生接著又說，「就算是再駑鈍、再一廂情願的理想主義者，也不可能完全盲目。我想，佩特拉之旅已經讓傑斐遜·柯普先生睜開了眼睛。」

他將柏敦夫人去世當天早晨他和柯普先生之間的對話敘述了一遍。

「這個女僕的故事很有意思，」白羅若有所思，口中說道，「它讓我們見識到這位老太

12　法語，意思是「多麼恐怖的女人」。

太的行事風格。」

傑勒德說：「那絕對是個詭異的早晨！白羅先生，你沒去過佩特拉，如果你去了，一定會爬上『犧牲之地』去參觀。那地方有……我該怎麼說呢，有一種氛圍！」他細細描述了那裡的景色，隨後又加上一句：「而這位小姐，當時正像一位年輕的法官，坐著大談犧牲小我完成大我的高論。你還記得吧，金恩小姐？」

莎拉身子一顫。

「拜託！別再提那天的事了。」

「我們不提，」白羅說，「那不妨談談更早的事吧。醫生，你對柏敦夫人的心理狀態描述，我是很有興趣。我不懂的是：她既已完全馴服了家人，為什麼還要安排這次國外旅行呢？這樣的旅行勢必會增加和外界接觸的風險，她的權威也可能因此而減弱。」

傑勒德醫生激動地傾身向前。

「可是，老兄，事情就是這麼簡單！全世界的老太婆都一樣。她們都會產生厭煩！如果她們擅長玩單人紙牌遊戲，遲早會感到厭倦，因為太得心應手了。她們會想學新的遊戲。以控制他人、折磨他人為樂（聽起來或許不可思議）的老太太也一樣。柏敦夫人——我們不妨將她看作一個馴獸師——已經馴服了老虎。在他們年少輕狂的青春期，這或許還有些驚險刺激。讓倫諾思娶娜汀就是一種冒險。可是突然間，一切又歸於平淡。倫諾思沉溺於憂鬱之中，她既傷害不了他，也無法使他痛苦；雷蒙和卡蘿毫無反抗的跡象；潔妮弗拉——啊！

那可憐的潔妮弗拉——在她母親看來最是無趣，因為潔妮弗拉已經找到解脫之道！她從現實遁逃到了幻想世界。她母親愈威逼她，她愈認為自己是受到迫害的女主角，並從中獲得一種私密的興奮感。對柏敦夫人而言，這一切都無聊得要命。她像亞歷山大一樣，要尋找新的世界來征服，因此她計畫了這次國外之旅。如此一來，她雖然需要面對馴服之後的野獸再產生反抗的危險，但也會有施予新的痛苦的機會！聽起來夠荒謬吧？但事實就是如此，她需要新的刺激！」

白羅深深吸了一口氣。

「真是個完美的分析。是的，我完全明白你的意思，事實就是如此。現在，一切都說得通了。柏敦家的那個母親選擇了危險的生活，也為此付出了代價！」

莎拉傾身向前，聰慧而蒼白的臉龐非常嚴肅。

「你的意思是，她對受害者欺壓太甚，因此，因此他們——或是其中某一個——奮起反抗，殺死了她？」

白羅點點頭。

莎拉提問了，聲音似乎喘不過氣來。

「是哪一個？」

白羅望著她。他看到她雙手緊捏著野花，也看到她蒼白而僵硬的臉色。

他沒有回答，事實上是逃過了回答，因為就在這一刻，傑勒德碰碰他肩膀說道：「你看。」

一個女孩正沿著山坡漫步而行。她的動作帶著一種奇異而有韻律感的優雅，宛如精靈般靈巧。她金紅色的秀髮在陽光下閃閃發亮，一絲不願為旁人所見的奇異笑容蕩漾在美麗的唇角。白羅屏住呼吸。

他說：「真美……多麼奇異而動人的美，奧菲利婭的角色應該就是這樣，彷彿是個從另一個世界遊逸而來的年輕女神，因為擺脫了七情六欲的羈絆而快樂逍遙。」

「沒錯，你說得對極了，」傑勒德醫生說，「這是一張夢裡才會見到的臉孔，不是嗎？我就夢見過。我在發燒時睜開眼，看見了那張臉，帶著甜美、不屬於這個塵世的微笑……好一個美夢，我真不願意醒來……」他隨即恢復了平時的態度，說道：「她就是潔妮弗拉·柏敦。」

24

女孩轉眼間來到他們身邊。

傑勒德醫生為大家介紹。

「柏敦小姐，這位是赫丘勒．白羅先生。」

「哦。」

她猶猶豫豫地望著他，雙手交握，不自在地時鬆時合。中了魔法的仙女已從魔幻之國返回塵世。現在，她只是個笨拙而普通的女孩，帶點神經質，渾身不自在。

白羅說：「柏敦小姐，能在這裡遇到你真幸運。我到旅館找過你。」

「是嗎？」

帶著空洞的笑容，她的手指開始拉扯衣服的腰帶。他柔聲說道：「能不能陪我一起散散步？」

她順從地答應了他一時興起的要求。

沒走多久，她突然開了口，聲音古怪而急促。

「你是……你是偵探，對不對？」

「是的，柏敦小姐。」

「很有名的偵探？」

「世界上最好的偵探。」白羅說，語氣有如事實陳述，態度不卑不亢。

潔妮弗拉．柏敦壓低嗓子說道：「你來這裡是為了保護我？」

白羅若有所思地捻著八字鬍。他說：「這麼說，柏敦小姐，你目前正身處險境？」

「對，對。」她猜疑的眼神迅速四下張望。「在耶路撒冷的時候，我對傑勒德醫生說過。他很機靈，當時完全不露聲色。可是他跟著我……去了那個滿是紅色岩石的恐怖地方。」她渾身顫抖。「他們原本打算在那裡殺了我。我時時都得提防著。」

白羅寬容地點點頭。

潔妮弗拉．柏敦又說：「他很善良，人很好。他愛上我了！」

「是嗎？」

「噢，是的……他在夢中叫著我的名字……」她的聲音變得溫柔，那種令人顫動、超凡脫俗的美再度顯現。「我看見他了，他躺在那裡翻來覆去，叫著我的名字……我悄悄走開。」她頓了頓。「我想，大概是他請你來的吧？你知道，我有好多好多敵人。他們全都在我身邊，有時候還會偽裝。」

「是的，」白羅溫柔地說，「可是你現在安全了，身邊都是你的家人。」

她高傲地挺起胸膛。

「他們不是我的家人！我和他們一點關係也沒有。我不能告訴你我的真實身分——這是個天大的祕密。你如果知道，一定會大吃一驚。」

他柔聲說道：「你母親的死對你的打擊很大吧，柏敦小姐？」

潔妮弗拉跺著腳。

「我告訴你……她不是我母親！我的敵人付錢給她，叫她裝成我的母親監視我，不讓我逃走。」

「她去世的那天下午，你人在哪裡？」

「我在帳篷裡……裡面很熱，可是我不敢出去……他們可能會逮住我……」她的身體輕顫一下。「他們當中有一個，探頭朝我的帳篷裡看。他有偽裝，可是我認得出來。我假裝睡著了。是酋長派他來的。酋長當然是想綁架我。」

白羅默默不語走了一段路，這才開口說道：「你為自己編的這些故事很美，對吧？」

她停下腳步，瞪著他。

「這是真的，都是真的。」說完她再度氣得跺腳。

「確實，」白羅說，「情節非常富有創意。」

她大叫：「這是真的……是真的……」

她憤怒地轉過身，朝山下跑去。白羅站著沒動，目送著她的背影。不一會兒，他聽見身後一個聲音問道：「你對她說了什麼？」

白羅轉過身，看到傑勒德醫生站在他身邊，有點上氣不接下氣。莎拉正朝著他們走來，不過步伐從容得多。

白羅回答了傑勒德的問題。

「我告訴她，那些美麗的故事是她自己編的。」

醫生若有所思地點點頭。

「她聽了就生氣了？這是一個好兆頭，說明她還有救。她還是知道那些故事不是真的！我要治好她。」

「你打算對她進行治療？」

「是的，我已經就此事和她的大哥大嫂商量過了。潔妮弗拉會到巴黎去，住進我的診所。之後我會讓她接受戲劇訓練。」

「戲劇？」

「是的……她有可能獲得極大的成功。那正是她所需要的……她一定要擁有成功不可！在許多方面，她和她母親具有同樣的本質。」

「噢，不！」莎拉厭惡地叫道。

「在你看來這似乎不可能，可是她們某些基本特質是一樣的。她們都有一種與生俱來的強烈欲望：想要當重要人物。她們都需要別人重視她們的存在！這可憐的孩子處處受到阻撓和壓抑，她無處發洩她那強烈的抱負、對生活的熱愛，也無法表現她那鮮活浪漫的性格。」他輕聲笑了笑。「Nous allons changer toutça[13]！」

接著他微微頷首，輕聲說了一句「對不起」，就急忙下山追趕那女孩去了。

莎拉說：「傑勒德醫生對他的工作真是全心全意。」

「我可以感受得到。」白羅說。

莎拉皺起眉頭。

「話說回來，我還是受不了他拿她和那個可怕的老太婆相提並論……雖然有一回我自己也曾為柏敦夫人感到悲哀。」

「那是什麼時候，金恩小姐？」

「就是我告訴過你的，在耶路撒冷那一次。我當時突然覺得，我把整個事情都想錯了。人有時候就是這樣，突然有那麼一剎那，你對一切事情的看法都和平時截然不同，對吧？我一下子激動起來，就出了那個大洋相！」

13 法語，意思是「我們要改變這一切」。

「噢，不，你並沒有出洋相。」

每當莎拉回想起她和柏敦夫人之間的對話，都會羞得滿臉通紅，這次也不例外。

「我當時覺得自己非常崇高，彷彿負有神聖的使命。可是後來，韋斯索姆夫人以狐疑的眼神望著我，說她曾經看到我和柏敦夫人在談話，我想她很可能在一旁聽到了，我才覺得自己真是傻透了。」

白羅說：「柏敦夫人究竟對你說了什麼？你還記得她的用字嗎？」

「我想我還記得。那些話當時讓我非常震撼。『我的記性特佳，』她是這樣說的，『你可得記住。我從來沒忘記過任何事情——任何行為、任何名字、任何一張臉，我都不會忘記。』」莎拉不寒而慄。「她說話的語氣滿是怨毒，連看都沒看我一眼。我覺得……覺得直到現在我還聽得到她……」

白羅輕聲說道：「這些話讓你非常震撼？」

「是的。我不容易被嚇到，可是有時候我還會夢到她說這話時的神情，和她那張邪惡、幸災樂禍、洋洋得意的臉。噁！」她渾身猛地一顫。接著她突然轉身面對白羅。「白羅先生，或許我不該問，不過這件事你有結論了嗎？你有什麼明確的發現嗎？」

「有的。」

她再度開口問道，他看到她嘴唇在發抖。

「什麼發現？」

「我已經查出，在耶路撒冷的那個夜晚，雷蒙．柏敦在和誰說話。是他妹妹卡蘿。」

「卡蘿……當然是她！」她又說，「你有沒有告訴他……你問過他──」

沒有用。她說不下去了。白羅神色凝重又同情地望著她。他靜靜說道：「金恩小姐，這對你有那麼重要嗎？」

「重要無比！」莎拉說。接著她挺起胸膛。「可是我一定要知道。」

白羅輕聲說道：「他告訴我，那只是一次歇斯底里的情緒發洩，如此而已！他說他和妹妹當時都很激動。他告訴我，到了白天，他們都覺得那個想法太荒謬。」

「原來如此……」

白羅柔聲說道：「金恩小姐，你不打算告訴我，你為什麼感到害怕嗎？」

莎拉那張蒼白而絕望的臉對著他。

「那天下午……我們在一起。他離開我的時候，說他要……趁他還有勇氣的時候，立刻去做一件事。我本以為他只是去……去告訴她。可是，如果他其實是打算去……」

她的聲音愈來愈低。她僵立著，努力想控制住自己。

25

娜汀・柏敦步出旅館。就在她猶豫不決的時候，一個等候的身影趨上前來。

傑斐遜・柯普先生立刻走到他的女伴身邊。

「我們走這邊，好嗎？我想這條路風景最好。」

她默許了。

一路上，柯普先生滔滔不絕，口若懸河得有如單口相聲。不知道他是否意識到娜汀根本就沒在聽。當他們走入彎道，來到野花覆蓋、石塊遍布的山坡時，她打斷了他。

「傑斐遜，對不起。有些話我一定要跟你說。」

她的臉色變得蒼白。

「當然好，親愛的，說什麼都沒關係，不要壓抑你自己就好。」

她說：「你比我想像的聰明。你知道我要說什麼，對吧？」

「毫無疑問，」柯普先生說，「情境改變了形勢。我深深感覺到，在目前的情況下，某些決定一定得重新考量，」他嘆了口氣。「娜汀，你必須勇往直前，做你想做的事情。」

她聲音裡充滿了感情說道：「你真好，傑斐遜，這麼有耐心！我覺得我真是虧待了你。我對你真是太卑鄙了。」

「娜汀，聽我說，讓我們把事情說清楚。在和你交往的期間，我一直都有自知之明。自從認識你以來，我對你始終懷有至深的感情和尊敬。我別無他求，只希望你幸福，這是我唯一的心願。看到你不快樂，真快把我逼瘋了。坦白說，我曾經怪過倫諾思。他似乎不太重視你的幸福。我覺得，如果真是這樣，他就不配擁有你。」柯普先生喘了口氣，接著說道：「和你們一起去過佩特拉之後，我得承認，責任可能並不全在倫諾思身上。與其說他對你這方面太自私，不如說他對他母親太無私。我不想說死人的壞話，不過我真的認為，你那個婆婆實在太難纏了。」

「確實，我認為你這麼說並不為過。」娜汀喃喃說道。

「不管怎麼說，」柯普先生又說，「你昨天來找我，告訴我你已下定決心要離開倫諾思，我為你的決定感到歡喜，因為你過去的生活並不正常。你對我一向坦誠以待，你只是有點喜歡我，並沒有裝出更進一步的感情。不過對我來說，這並無妨。我只求有機會照顧你、珍惜你。我可以說，那天下午是我一生中最幸福的一個下午。」

娜汀哭了出來。

「對不起……對不起。」

「不要這麼說，親愛的，因為我一直都不敢相信那是真的。我有一種強烈的預感，覺得你第二天早上一覺醒來，就會改變心意。現在情況不一樣了，你和倫諾思可以擁有自己的生活了。」

娜汀輕聲說道：「是的，我離不開倫諾思，請原諒我。」

「沒有什麼好原諒的，」柯普先生大聲說道，「我們還是老朋友。只要忘掉那個下午就行了。」

她溫柔地將一隻手放在他臂膀上。

「親愛的傑斐遜，謝謝你。現在，我要去找倫諾思了。」

她轉身離開了他。柯普先生繼續一個人往前走。

娜汀發現倫諾思坐在希臘羅馬劇院的頂端。他正陷於沉思之中，直到娜汀氣喘吁吁地在他身邊坐下，他才注意到她。

「倫諾思。」

「娜汀。」他轉過半個身子來。

她說：「我們一直都沒有機會好好談談。不過，你知道我不會離開你，對吧？」

他帶著嚴肅的神情問道：「你可曾真的打算離開我，娜汀？」

她點點頭。

「是的。你知道，那時候這麼做似乎是唯一的路。我也曾希望……希望你會來找我。可憐的傑斐遜，我這樣利用他真是卑鄙。」

倫諾思突然爆出一陣短笑。

「不，你並不卑鄙。像柯普這樣無私的傢伙應該有充分的機會表現他的高尚！你是對的，娜汀。當你告訴我你要跟他一起離開時，我經歷了一生中從未有過的震驚！老實說，我想我最近這段日子一定很不對勁。當你要求我跟你一起走，為什麼我沒有當著母親的面打個響指，就跟著你離開呢？」

她溫柔地說：「因為你做不到，親愛的，你做不到。」

倫諾思若有所思地說：「母親是個十足的怪人。我相信，她幾乎把我們都給催眠了。」

「確實。」

倫諾思又沉思片刻，這才說道：「那天下午你告訴我你的決定時，就像給了我當頭一棒！我恍恍惚惚往回走，突然明白自己真是個該死的笨蛋！我醒悟到，如果我不想失去你，只有一件事可做。」

他感到她的身體慢慢僵硬起來。他的語調變得更陰沉了。

「我就去……」

「不要說……」

他迅速望了她一眼。

「我去……跟她說了。」他的語調完全變了，小心翼翼而平板。「我告訴她，我必須在你和她之間做出抉擇……我選擇了你。」

一陣沉寂。

他又說了一遍，這次的語氣透著古怪的自我肯定。

「沒錯，我就是這樣對她說的。」

26

白羅在歸途中碰到兩個人。第一個是傑斐遜・柯普先生。

「是赫丘勒・白羅先生吧？我是傑斐遜・柯普。」

兩人禮貌地握了手。

柯普先生配合著白羅的步伐並肩而行，一面解釋道：「我剛剛才知道，你在對我的老朋友柏敦夫人的死因進行例行調查。她的去世真讓人震驚。當然，這趟旅行如此勞累，老太太真不該來的。可是她很固執，白羅先生。她的家人對她無能為力，她可以說是家裡的暴君。我猜大概是因為她一直習慣為所欲為的緣故吧。她怎麼說，別人就得怎麼做，事實就是這樣。真的，白羅先生，事實如此。」

一陣短暫的沉默。

「白羅先生，我只想告訴你，我是柏敦家的老朋友。當然，這件事使得他們個個都心煩意亂；他們有點神經質，很容易激動。所以，如果需要什麼安排，例如必要的手續、葬禮的安排、屍體運回耶路撒冷等這些事，我都會盡量幫他們處理。無論需要做什麼，儘管找我就對了。」

「我相信，他們一家人都會感激你伸出援手，」白羅說。他又加上一句：「我想，你是娜汀．柏敦夫人一個很特別的朋友。」

傑斐遜．柯普先生的臉微微一紅。

「我們不談這個吧，白羅先生。我聽說，今天早上你已經和娜汀談過話。關於我倆之間的事，她可能對你說了一些，而現在，一切都結束了。娜汀是個很好的女人，她認為在丈夫處於喪親之痛時，她的首要責任是陪在他身邊。」

一陣沉默。

白羅微微點頭，表示心領神會。接著他輕聲說道：「卡伯利上校希望我查明柏敦夫人去世那天下午的來龍去脈。你能談談那天下午發生的事嗎？」

「噢，當然可以。吃完午餐，休息片刻後，我們到附近隨意走走。我很高興我們擺脫了那個令人討厭的翻譯員，他一提起猶太人就像個瘋子，我想，這方面他不太正常。無論如何，一如我所說，我們出去了。我就是那時候和娜汀見的面。後來她想單獨和丈夫商量事情，我就走開了，一個人慢慢踱回營地。大概在半路上，我碰到早上和我一起爬山的兩位英國女士。聽說其中一位是英國貴族，是真的嗎？」

白羅告訴他的確如此。

「她是個很厲害的女人，非常聰明，見多識廣。而另一位就像個虛弱的小妹妹，她看起來好像累得半死。早上的遠行對一位有點年紀的女士來說是夠折磨人的，更何況她有懼高症。噢，一如我所說，我碰到這兩位女士，對她們講了一些納巴泰人的故事。我們在附近走了一圈，大約六點鐘回到營地。韋斯索姆夫人堅持要喝茶，我有幸陪她喝了一杯；茶有點淡，不過味道挺特別的。接著僕人擺好桌子要上晚餐了，派人去通知老太太，結果便發現她坐在椅子上過世了。」

「你在回程當中注意過她嗎？」

「我有注意到她坐在那裡，就在她下午和晚上常坐的地方，但我並沒有特別留意。那時候我正在向韋斯索姆夫人解釋我國經濟蕭條的問題。我還得照顧皮爾斯小姐，她太累了，動不動就扭到腳踝。」

「柯普先生，謝謝你。恕我冒昧，我想問一句，柏敦夫人身後是不是留下大筆遺產？」

「非常可觀的一筆遺產，不過嚴格說來，那並不是她的財產。她對這筆財產有終身行使權，但她一死，這筆財產就由已故的埃爾默·柏敦先生的子女平分。沒錯，他們現在可以舒舒服服過著富裕的生活了。」

「牽涉到錢，」白羅輕聲說道，「差別就大了。有多少犯罪都是為了錢！」

柯普先生似乎有點吃驚。

「噢，我想確實如此。」他承認。

白羅露出微笑，輕聲說道：「不過謀殺的動機各式各樣，不是嗎？柯普先生，謝謝你的合作。」

「千萬別客氣，」柯普先生說，「坐在那上頭的不是金恩小姐嗎？我去和她說說話。」

白羅繼續往山下走。

他碰到了正跌跌撞撞往上爬的皮爾斯小姐。

她向他打招呼，幾乎上氣不接下氣。

「噢，白羅先生，見到你真高興。我剛才在和那個非常奇怪的女孩說話……你知道，就是柏家的小女兒。她盡說些怪裡怪氣的事，什麼敵人、有個酋長想綁架她、周遭都是間諜這類的。聽起來好有想像力！韋斯索姆夫人說這都是一派胡言，還說她過去有個紅髮的幫廚女傭，就愛撒這種謊。不過，我覺得她有時候未免太嚴厲了。畢竟，這有可能是真的，是不是，白羅先生？幾年前我看過一篇文章，說沙皇的某個女兒並未死於俄國革命，偷偷潛逃到了美國。我記得那是塔蒂亞娜女公爵。如果這是真的，那麼這個女孩有可能是她的女兒，對不對？她確實暗示自己和皇室有關——還有，你不覺得她很漂亮嗎？長相很像斯拉夫人，顴骨很像。如果這是真的，那是多麼刺激啊！」

白羅有如說教般說道：「生活中千奇百怪的事情很多。」

「今天早上，我沒有反應過來你是誰，」皮爾斯小姐雙手交握說道，「原來你就是那位大名鼎鼎的偵探！『ABC謀殺案』[14]的報導我每一篇都看過。真的好刺激！當時我就在唐克斯特附近當家庭教師。」

白羅喃喃說了什麼。皮爾斯小姐繼續說下去，可是愈說愈焦躁不安。

「所以我覺得，我今天早上可能錯了。我應該把一切一五一十都說出來，對吧？即使是最小的細節，無論這細節看似多麼無關緊要，因為既然你都牽扯進來了，這表示可憐的柏敦夫人一定是被謀殺的！我現在懂了。我想馬茂德先生……我記不住他的名字，反正就是那個翻譯員——我想他不會是間諜吧？還是金恩小姐？我知道很多系出名門、教養良好的女孩子，後來都變成了可怕的激進份子！所以我拿不定主意，不知道該不該告訴你，因為，這件事想起來真是相當古怪。」

「一點也沒錯，」白羅說，「所以，你要原原本本地告訴我。」

「這個，其實也不是什麼大不了的事，只是……在柏敦夫人去世的隔天早上，我起得很早。我往帳篷外頭望出去，想看看日出……其實並不是真正的日出，因為太陽早在一個小時之前就出來了，不過還是挺早的……」

「是嗎？你看見了什麼？」

14 參克莉絲蒂的《ABC謀殺案》一書。

「這就是古怪的地方，不過當時我並不覺得很怪。我看見柏敦家的女孩走出帳篷，把一個東西扔進小溪裡。這當然不算什麼，可是那東西在陽光下閃閃發亮。我是說，在空中劃過的時候，它會發亮。」

「是柏敦家的哪個女孩？」

「我想是叫卡蘿的那個……非常漂亮，很像她哥哥，他們倆很可能是雙胞胎。當然，也有可能是那位小女兒。當時太陽正照著我的眼睛，我看不清楚。不過我覺得頭髮不是紅色的，是栗色的。我好喜歡栗色的頭髮。紅髮總是讓我想起胡蘿蔔！」她吃吃笑起來。

「她扔掉了一個閃閃發亮的東西？」白羅問。

「是的，我剛說過，我當時並沒有多想。可是後來我沿著小溪散步，金恩小姐也在。我在一大堆亂七八糟的東西當中——其中還有一兩個鐵罐——看到了一個發亮的小金屬盒，不算是正方形，可以說是長方形，您明白我的意思吧？」

「是的，我非常明白。大概這麼長對吧？」

「對，你真聰明！我當時心想：『那女孩扔掉的大概就是這個，多麼漂亮的小盒子』。出於好奇，我撿起盒子打開一看，裡面有個注射器……我打傷寒預防針的時候，插入我手臂的就是這種東西。我當時心想，真奇怪，既沒破掉又沒損壞，為什麼要扔掉。就在我百思不得其解之際，金恩小姐在我身後說話了。我不知道她是什麼時候走近的。她說：『噢，真是謝謝……那是我的皮下注射器。我就是來找它的。』我把注射器還給她，她就拿著它回到營地去了。」

皮爾斯小姐頓了頓，又急急往下說：「當然，我覺得這件事其實沒什麼，只是卡蘿·柏敦竟然會扔掉金恩小姐的皮下注射器，似乎有點說不通。我的意思是，挺奇怪的，你懂我的意思吧？不過，當然，我相信這件事一定會有個合理的解釋。」

她停下來，滿懷期待地看著白羅。

他的臉色很嚴肅。

「謝謝你，皮爾斯小姐。你告訴我的事情，本身可能並不重要，不過要告訴你，它使案情的拼圖完整了！現在，每件事已清清楚楚、井然有序了。」

「噢，是嗎？」皮爾斯小姐高興得滿臉通紅，活像個孩子。

白羅陪她走回旅館。

回到自己的房間後，他在便條紙上加上一行：

十、「我的記性特佳，」她說，「你可得記住。我從來沒忘記過任何事情——任何行為、任何名字、任何一張臉，我都不會忘記……」

「是啊，」他說，「現在，一切水落石出！」

27

「我已準備就緒。」赫丘勒・白羅說。

他輕嘆一聲，往後退一兩步，審視著他在這間旅館空房裡的布置。

卡伯利上校難看地斜倚在被推至牆邊的床上，一面吸著菸斗一面笑。

「白羅，你這傢伙真有意思，對吧？」他說，「喜歡把事情戲劇化。」

「或許吧。確實，」矮個子偵探承認。「不過，這也不完全是憑個人喜好。既然要演喜劇，總得把場景布置好。」

「這是喜劇嗎？」

「就算是悲劇，décor[15]也得正確無誤。」

卡伯利上校好奇地打量他。

「好吧，」他說，「隨你吧！我不知道你到底要做什麼，不過，我料想你已有所發現。」

「我很榮幸能滿足你的要求，向你呈現事實真相。」

「你認為那些證據足以定罪嗎？」

「我的朋友，這個我可不曾保證過。」

「沒錯，或許我還為此而慶幸。證據有效與否仍得視情況而定。」

「我的論據主要是心理方面。」白羅說。

卡伯利上校嘆了口氣。

「我就擔心是這樣。」

「不過，這些論據一定能讓你心服口服。」白羅安慰他。「是的，一定會讓你心服口服。我常想，真相真是既奇妙又美麗。」

「有時候也他媽的讓人生氣。」

「不會，不會，」白羅非常認真。「你這是把個人偏見放進去了。你應該置身事外，以超然的態度看事情。如此一來，事件的邏輯不但引人入勝，而且井然有序。」

「我會盡量這樣去看問題。」上校說。

白羅朝腕上那個形狀怪異、活像個蘿蔔的碩大手錶瞄了一眼。

「沒錯，這錶是我祖父傳下來的。」

15 法語，意思是「舞台布置」。

「我想也是。」

「該是開始的時候了，」白羅說，「你，上校，請坐在桌子後面的主席位置。」

「噢，好吧，」卡伯利嘀咕道，「你不會要我穿上制服吧？」

「不，不用。但如果你不介意，容我幫你整整領帶。」

他劍及履及，卡伯利上校又咧嘴笑了。他在指定的椅子上就座，沒多久，又下意識地把領帶拉到左耳下。

白羅稍稍動了動那些座椅，一面說道：「這裡讓柏敦一家坐。這一頭，」他又說：「要給那三個和本案絕對有關係的外人坐。一個是傑勒德醫生，起訴的證據就取決於他的證詞；一個是莎拉．金恩小姐，她在這件案子裡有雙重關係，一重是私人的利害關係，另一重是驗屍者。另一位是傑斐遜．柯普先生，他和柏敦一家交情匪淺，也算是有利害關係。」他停住沒再說下去。「啊哈……他們來了。」

他打開門，把一行人請進屋內。

倫諾思．柏敦和他的妻子首先踏入房間，隨後是雷蒙和卡蘿。潔妮弗拉一人獨行，一抹似有若無、朦朧飄渺的微笑掛在嘴角。傑勒德醫生和莎拉．金恩殿後，而傑斐遜．柯普先生幾分鐘後才趕到，一面進房間一面致歉。

待他就座後，白羅向前走了一步。

「各位先生女士，」他說，「這完全是一次非正式的聚會，起因是我正巧人在安曼。承蒙卡伯利上校看重，向我詢問……」

白羅的話被打斷了，聲音來自看似最不可能的方向。倫諾思．柏敦突然打了岔，一副想吵架的語氣。

「為什麼？他為什麼非要把你扯進這件事來？」

白羅優雅地揮揮手。

「每當有突發的死亡事件，我常常會被找來。」

倫諾思．柏敦說：「每當有心臟衰竭的事件，醫生都會找你來嗎？」

白羅柔聲說道：「心臟衰竭是個非常不嚴謹、不科學的用語。」

卡伯利上校清清嗓子。既是官方聲明，他說話時就不免官腔官調。

「最好把事情先弄清楚。我拿到死亡情況的報告顯示，這是起非常自然的事情。天氣熱得反常，這趟旅行對身體不好的老太太來說非常勞累。在此之前，一切都很清楚。可是傑勒德醫生來找我，他主動告訴我——」他探詢的目光投向白羅，後者點點頭。

「傑勒德醫生是舉世聞名的名醫。他說的每句話一定會引起重視。傑勒德醫生是這樣說的：柏敦夫人去世的那天早上，他注意到他的藥品中少了一定數量的心臟強效用藥。前一天下午，他還發現一個皮下注射器失蹤了。注射器在出事那天晚上又被還了回來。最後一點，屍體手腕上有個小孔，大小和皮下注射器留下的針孔相當。」

卡伯利上校頓了一頓。

「基於這些情況，我認為調查這件事是當局的責任。赫丘勒．白羅先生正好在我這裡作客，承蒙他幫忙，願意為我發揮他那卓越的才能。於是我將此事的調查行動全權委託給他。現在我們聚集在這裡，就是要聽他的報告。」

房間裡一片死寂，安靜得一如俗話所說「連根針掉在地上都聽得見」。事實上，隔壁真的有人把東西掉到地上了，好像是隻鞋。在這靜悄悄的氣氛中，那聲音聽來有如炸彈爆開。

白羅迅速對他右邊那三人看了一眼，接著視線轉向他左邊擠成一堆的五個人，這五人眼中盡是恐懼。

白羅輕聲說道：「卡伯利上校對我提起這件事的時候，我以專家的身分說了我的意見。我告訴他，可能找不到證據……法庭上能夠接受的證據。但我也非常明確地告訴他，我確信可以找出真相，只要向相關人士提出問題就行了。因為，我不妨告訴各位，當你調查犯罪案件時，只要能讓凶嫌開口說話，他們到頭來一定會說出你想知道的事實，這屢試不爽！」他停頓片刻。「所以，在本案當中，你們雖然對我說了謊，但不知不覺中也道出了事實真相。」

他聽到他右邊傳來一聲輕微的嘆息，還聽到椅子磨地的聲音。可是他的視線並沒有轉過去，依然定定地盯著柏敦一家。

「首先，我研究了柏敦夫人自然死亡的可能性。答案是否定的。丟失的藥劑和皮下注射器，尤其是死者家屬的態度，都讓我相信這個假設應該排除在外。

「柏敦夫人不但被冷血地謀殺致死，而且她的家人……個個都知道這個事實！從集體的反應看來，他們都是罪犯。

「只不過，每個人涉案的程度各不相同。為了確定此一謀殺案——沒錯，的確是一樁謀殺——是否是由老太太的家人共謀下手，我仔細研究了證據。

「我必須說，這樣的動機很強烈。她一死，每個人都能受益；在經濟上，他們立刻就能財務自主，坐擁鉅額財富，另外，也可擺脫一個令人難以忍受的暴君。

「但我幾乎立刻就斷定，共謀的假設站不住腳。柏敦一家人的說辭相互之間並不吻合，而且並沒有預先準備好一套說得通的不在場證明。從種種事實來看，似乎更像是一兩位家庭成員下的手，其他人則是事後從犯。接下來我就得考慮，是哪一兩位涉有重嫌。在這裡，我得說，有一項只有我本人知道的證據，很容易影響我的判斷。」

白羅將他在耶路撒冷的經歷重新說了一遍。

「這樣一來，矛頭自然指向了雷蒙．柏敦先生，他活脫脫是這件案子的主謀。對這家人做了一番研究後，我得出一個結論：那天夜裡他密謀的對象，最有可能是他的妹妹卡蘿。這對兄妹無論是容貌或性情都很相似，因此心意易於相通，同時兩人都具有神經質而叛逆的氣質，這是構思這類行動不可或缺的要件。他們的動機並不全是為了自己，而是希望拯救全家人，尤其是他們的小妹，如此一來，說他們計畫這次的行動就更有可能了。」

白羅頓了一下。

雷蒙．柏敦嘴脣半張，旋即又閉上。他直直看著白羅，眼神中有一種呆滯的痛苦。

「在細說不利於雷蒙．柏敦的事項之前，我想為大家唸一張陳述幾個要點的單子。這是我今天下午列出的，也交給卡伯利上校看過。

一、柏敦夫人服用含有洋地黃鹼的混合藥劑。

二、傑勒德醫生丟失了一個皮下注射器。

三、柏敦夫人以阻止其家人和他人交往為樂。

四、事發當天下午，柏敦夫人鼓勵她的家人出外，只留下她一個人。

五、柏敦夫人人是精神虐待狂。

六、大帳篷距離柏敦夫人所坐的地方（大約）兩百碼。

七、倫諾思．柏敦先生起初說不知道自己回營地的時間，後來卻承認曾為他母親的手錶對過時。

八、傑勒德醫生和潔妮弗拉．柏敦小姐的帳篷相鄰。

九、晚餐於六點半準備就緒，一個僕人被派去通知柏敦夫人。

十、在耶路撒冷的時候，柏敦夫人說出了這樣的字眼：『我的記性特佳，你可得記住。我從來沒忘記過任何事情。』

「雖然這幾個要點都是分開條列，不過偶爾也可以成對來看。例如最前面兩點就是如此。『柏敦夫人服用含有洋地黃鹼的混合藥劑』及『傑勒德醫生丟失了一個皮下注射器』。這兩點是這件案子最先引起我注意的地方。我不妨告訴各位，我認為這兩點極不尋常，而且非常矛盾。不明白我的意思?沒關係。我不久還會回頭說明。目前你們只要知道我注意到了這兩點,並且認為必須得到合理的解釋就夠了。

「現在,我要總結一下我對雷蒙．柏敦可不可能犯罪的推論。事實如下:有人聽到他討論要殺死柏敦夫人。當時他正處於一種高度緊張而興奮的狀態,他……金恩小姐,請見諒,」他對莎拉頷首致歉。「剛經歷了一場巨大的情感危機。換句話說,他戀愛了。感情上處於亢奮狀態,可能會導致他採取以下幾種行動。面對包括他繼母在內的整個世界,他可能覺得自己成熟了,他總算有了勇氣反抗她,擺脫她的影響。另一個可能,則是他找到了必要的動力,將犯罪由理論化為現實。這是心理學!現在,我們來看看事實如何。

「雷蒙和大家一起於三點一刻左右離開營地。柏敦夫人那時候還活得好好的。不久,雷蒙和莎拉．金恩私下進行了一次談話,然後他離開了她。據他所說,他在五點五十分回到營地。他去見他的母親,和她說了幾句話,之後就回自己的帳篷,接下來又去了大帳篷。他說五點五十分的時候,柏敦夫人還活得好好的。

「但是,有件事實和他的說辭完全矛盾。六點半,僕人發現柏敦夫人死了。有醫學學位的金恩小姐檢查了屍體。她信誓旦旦說,雖然當時她並沒有特別留意死亡時間,但她可以肯定,絕對不會晚於五點鐘(甚至還要早得多)。

「各位,你們看看,這是兩個完全矛盾的說法。姑且不論金恩小姐是否可能弄錯——」

莎拉打斷他的話。

「我沒有弄錯。要是弄錯了，我一定會承認。」

她的語調清晰而嚴厲。

白羅禮貌地對她點點頭。

「那麼，只有兩種可能，要不是金恩小姐說謊，那就是柏敦先生說謊！我們來看看雷蒙．柏敦先生會為了什麼原因而說謊。假設金恩小姐沒有弄錯，也沒有故意說謊，那麼情況會是如何？雷蒙．柏敦回到營地，看見他母親坐在洞口，他走上前去，發現她死了。而他怎麼做呢？他呼救了嗎？他立即通知營地裡的人嗎？沒有，他等了一兩分鐘，逕自回到他的帳篷，又在大帳篷和他的家人會合，什麼都沒說。這種行為極其怪異，是吧？」

雷蒙說話了，聲音緊張而尖銳。

「這麼做當然愚蠢得很。所以你應該知道，我母親當時確實如我所說『活得好好的』。是金恩小姐因為緊張而弄錯了。」

白羅繼續以平靜的語氣說道：「我自問，他這樣做會有什麼原因呢？表面上看，雷蒙．柏敦似乎不可能下手，因為就我們所知，那天下午他只接近過他繼母一次，而那時候她已死了一段時間。所以，假設雷蒙．柏敦是無辜的，那麼我們能對他的行為做出解釋嗎？

「而我說，他的行為是解釋得通的！因為我記得我無意間聽到的對話片段。『你很清楚，她非死不可，對吧？』他散步歸來，發現她死了，罪惡的記憶馬上讓他想到了某種可能性。計畫已經執行了，可是執行者不是他，而是他的同謀。非常簡單，他認為犯下罪行的是他的妹妹，卡蘿·柏敦。」

「你胡說。」雷蒙以低沉戰慄的聲音說。

白羅繼續說下去。

「現在，我們來看看卡蘿·柏敦犯下謀殺罪的可能性。有哪些證據不利於她呢？她同樣具有容易緊張、激動的性格，這種性格可能會為這種行為抹上一層英雄主義的色彩。在耶路撒冷的那天夜裡，雷蒙·柏敦談話的對象就是她。卡蘿·柏敦五點十分回到營地，她說她去見了母親。但沒有證人。營地裡空無一人，僕人們都在睡覺。韋斯索姆夫人、皮爾斯小姐和柯普先生參觀洞穴去了，看不到營地的動靜。卡蘿·柏敦的行動沒有目擊者。時間非常吻合。如此一來，我們很容易把箭頭指向卡蘿·柏敦。」

他頓了頓。卡蘿抬起頭，以哀傷而堅定的眼神迎向他的視線。

「還有一點。隔天一大清早，有人看見卡蘿·柏敦將某樣東西扔進小溪裡。我們有理由相信，這個東西是個皮下注射器。」

「怎麼可能？」傑勒德醫生驚訝地抬起頭。「可是，我的皮下注射器已經還回來了。沒錯，現在就在我這裡。」

白羅用力點點頭。

「是的，是的，這第二個皮下注射器，非常玄妙，也非常有趣。據我所知，這個皮下注射器是金恩小姐的，對吧？」

莎拉遲疑了一剎那。

卡蘿立刻接口。

「那不是金恩小姐的，是我的。」

「那麼你是承認你扔掉了它，柏敦小姐？」

她只猶豫了一秒鐘。

「是的，當然是我。我為什麼不能扔掉？」

「卡蘿！」說話的是娜汀，她傾身向前，圓睜的眼睛充滿痛苦。「卡蘿……噢，我不明白……」

卡蘿轉過頭來看著她，目光中有一絲敵意。

「有什麼不明白！我扔掉了一個舊注射器。我從來都沒碰過那……那毒藥。」

「白羅先生，皮爾斯小姐告訴你的是真話。那是我的注射器。」

莎拉打了岔。

白羅笑了。

「皮下注射器這件事真令人一頭霧水。不過，我想它還是解釋得通。現在，我們做出了兩個判斷——雷蒙．柏敦無罪，他的妹妹卡蘿有罪。可是，本人向來小心謹慎，力求公正。我一向會考慮事情的正反兩面。我們不妨來看看，如果卡蘿．柏敦無罪，情形會是如何？

「她回到營地，去了繼母那裡，卻發現她……死了！她第一個反應是什麼？她會想，一定是哥哥雷蒙殺了她。她不知如何是好，所以什麼都沒說。不久，大約一個鐘頭之後，雷蒙．柏敦回來了，假裝跟母親說話，而且絕口不提出了事。你們不覺得這麼一來，她的懷疑更加確定了嗎？她還可能去過他的帳篷，在那裡發現了一個皮下注射器。至此，她已經完全確定！所以她立刻拿走注射器藏起來，第二天一大早，更把它扔得遠遠的。

「還有一件事，可以證明卡蘿．柏敦是無辜的。在我詢問她的時候，她向我保證，她和哥哥從來沒有當真要執行他們的計畫。我請她發誓，她立刻照辦，而且非常慎重其事，發誓說她沒有犯下這起罪行！她就是這樣說的。她沒有發誓說『他們』無罪，她只為自己發誓，並沒有為她哥哥發誓……她還以為我不會特別注意她的用字。

「好，這證明了卡蘿．柏敦是無罪的。現在我們退回一步，假設雷蒙並非無罪，而是有罪的可能情況。假設卡蘿所說屬實，柏敦夫人在五點十分的時候還活著。那麼在什麼情形下，雷蒙可能犯下罪行呢？我們可以假設，他在五點五十分去看母親的時候趁機殺死了她。沒錯，營地附近有僕人，可是光線愈來愈暗，他可能因此得逞。不過，這就意味著金恩小姐說了謊。別忘了，她只比雷蒙晚五分鐘回到營地，她可以從遠處看見他去了他母親那裡。後來，大家發現柏敦夫人已死，金恩小姐意識到是雷蒙殺了她。為了救他，她說了謊，因為她知道傑勒德醫生發燒在床，不可能揭穿她的謊言！」

「我沒有說謊！」莎拉說，字字清晰。

「還有一種可能性。我說過，金恩小姐比雷蒙晚五分鐘回到營地。如果雷蒙．柏敦看到他母親還活著，那麼，進行致命注射的就可能是金恩小姐了。她認為柏敦夫人邪惡透頂，她可能把自己視為正義的執行者。這也同時解釋了她謊報死亡時間的動機。」

莎拉臉色變得慘白。她以低沉而平穩的聲音說道：「我確實說過，如果死一個人可以拯救很多人，那就是值得的。但那是在『犧牲之地』所引發的念頭。我可以發誓，我絕對沒有傷害那個可惡的老太婆，這種想法從來就不曾在我的腦海中出現！」

白羅輕聲說道：「但是，你們兩人之中，肯定有一個在說謊。」

雷蒙．柏敦在椅子上動了動，衝動地叫道：「你贏了，白羅先生！說謊的是我。我去看母親的時候，她已經死了。我……我簡直嚇呆了。我原本打算去和她攤牌的，去告訴她，從今以後我自由了。我一切都準備好了，而她……她卻死了！她的手冰涼而鬆弛，我以為……正如你所說，我以為卡蘿……你知道，她的手腕上有個小孔……」

白羅立刻問道：「這是我唯一還不清楚的一點。你和你妹妹原本計畫以什麼方法下手呢？你知道有一種方法，而且，這種方法和皮下注射器有關。我只知道這些。如果你要我相信你，你得把其餘的告訴我。」

雷蒙急忙說道：「是我從一本書……一本英國偵探小說裡看到的。將空注射器刺入人體，一切就解決了。聽起來非常科學，我……我本想就以這種方式下手。」

「啊，」白羅說，「我懂了。所以你買了一個注射器？」

「沒有。事實上，我是偷拿娜汀的。」

白羅迅速瞥了她一眼。

「就是你留在耶路撒冷行李袋中的那個注射器？」他輕聲問道。

少婦的臉出現紅暈。

「我……我並不清楚注射器的下落，」她輕聲回答。

白羅也輕聲回了一句：「你真聰明，柏敦夫人。」

／28

一陣靜默。白羅清清他略微沙啞的喉嚨，繼續說道。

「現在，我們已經解決了我不妨稱為『第二個皮下注射器』的謎團。那個注射器是柏敦太太的，在離開耶路撒冷之前被雷蒙．柏敦拿走，在柏敦夫人的屍體被發現後，卡蘿又從雷蒙那裡拿走、扔掉，結果被皮爾斯小姐看見，而金恩小姐說是她的。我想，注射器現在應該在金恩小姐手上。」

「是的。」莎拉說。

「這麼說來，剛才你說注射器是你的，就等於做了一件你說你不會做的事：撒謊。」

莎拉冷靜地說道：「這不是不同層次的謊言，這不是……不是職業上的謊言。」

傑勒德點點頭，表示讚許。

「說得好。我了解你的意思，金恩小姐。」

「謝謝。」莎拉說。
白羅再度清清喉嚨。
「現在，我們來回顧一下大家的時間表。時間表是這樣的：
柏敦一家和傑斐遜·柯普離開營地——三點五分（大約）
傑勒德醫生和莎拉·金恩離開營地——三點十五分（大約）
韋斯索姆夫人和皮爾斯小姐離開營地——四點十五分
傑勒德醫生回到營地——四點二十分（大約）
倫諾思·柏敦回到營地——四點三十五分
娜汀·柏敦回到營地並和柏敦夫人談話——四點四十分
娜汀·柏敦離開婆婆到大帳篷去——四點五十分（大約）
卡蘿·柏敦回到營地——五點十分
韋斯索姆夫人、皮爾斯小姐和傑斐遜·柯普回到營地——五點四十分
雷蒙·柏敦回到營地——五點五十分
莎拉·金恩回到營地——六點整
發現屍體——六點三十分
「各位可以注意到，在娜汀·柏敦四點五十分離開她婆婆和卡蘿五點十分回到營地之間，有二十分鐘的空檔。如果卡蘿說的是實話，柏敦夫人一定是在這二十分鐘內被殺死的。

「那麼，誰有可能殺了她呢？在那段時間裡，金恩小姐和雷蒙・柏敦在一起；柯普先生（我倒不是說他有什麼明顯的動機）有不在場證明，他和韋斯索姆夫人及皮爾斯小姐在一起；倫諾思・柏敦和他的妻子在大帳篷內；傑勒德醫生因為發燒，躺在自己的帳篷裡呻吟。營地裡空無一人，僕人都在睡覺，這真是犯罪的好時機！而我們可有嫌疑犯？」

他若有所思地將視線投向潔妮弗拉・柏敦。

「有一個。潔妮弗拉・柏敦整個下午都待在她的帳篷裡。這只是我們聽說的，而事實上有證據顯示，她並不是一直待在裡面。潔妮弗拉說了一句非常關鍵的話。她說，傑勒德醫生發燒時，唸著她的名字。傑勒德醫生也告訴我們，他在高燒中夢見了潔妮弗拉的臉。但那並不是夢！他確實看見了她的臉，因為她就站在他床邊。他以為那是發燒引起的幻覺，其實是事實。潔妮弗拉在傑勒德醫生的帳篷裡。可不可能是她正把用完的皮下注射器放回去？」

潔妮弗拉抬起頭，金紅色的頭髮宛如一頂皇冠。她美麗的大眼睛瞪著白羅，雙眸看不出任何表情，就像一個虛無縹緲的聖女。

「啊，不是這樣的！」傑勒德醫生叫道。

「從心理學的角度看，難道這一點都不可能嗎？」白羅問。

法國人垂下眼瞼。

娜汀・柏敦厲聲說道：「這是不可能的！」

白羅的目光立刻轉向她。

「不可能嗎，夫人？」

「不可能。」她頓了頓，咬咬嘴唇，接著說道：「我絕不容許別人如此無禮地指控我的小姑。我們──每一個人──都知道這是不可能的。」

潔妮弗拉在椅子上蠕動了一下。她雙唇的線條放鬆成一抹微笑，是小女孩自然流露出的那種天真無邪又動人心弦的微笑。

娜汀又說了一遍。

「不可能。」

她溫柔的臉龐變得僵硬，露出堅毅的線條。她嚴厲的目光迎著白羅的眼神，毫無懼色。

白羅俯身向前，幾乎像是半鞠躬。

「夫人非常聰明。」他說。

娜汀平靜說道：「你這是什麼意思，白羅先生？」

「夫人，我是說，我早就見識到你擁有出眾的頭腦。」

「你這是奉承我。」

「我想不是。長久以來，你都能冷靜地正視現實，全面地看待問題。你表面上和婆婆和睦相處，因為你認為這樣最為明智，可是內心裡你對她進行審判，定了她的罪。我想，許久以前你就意識到，你丈夫獲得幸福的唯一途徑就是離開家庭，無論新生活有多苦、多窮，他都得爭取自立。你願意冒任何風險，你極力影響他，想讓他走上這條路。可是，夫人，你失敗了。倫諾思·柏敦已經失去對自由的憧憬，他陷於冷漠與憂鬱的深淵，並且自甘於此。

「夫人，我現在毫不懷疑，你愛你的丈夫。你決心離開他，並不是因為你對另一個男人產生了更熾烈的愛。我想，你這樣做是孤注一擲，想抓住最後的希望。像你這種處境的女人，只有三條路可走：她可以試圖影響丈夫。這一條路，我剛說過，失敗了。其次，她可以以離開丈夫作為要脅。然而，可能連這都沒能打動倫諾思·柏敦，這雖然使得他更加痛苦折磨，卻不能令他挺身反抗。還有最後一條孤注一擲的路。你可以和另一個男人一起離開。嫉妒心和占有欲是男人內心深處最為根深柢固的本能。你試圖激起他這種深藏內心的原始本能，這充分顯示出你的聰明智慧。如果倫諾思輕易就讓你和別的男人走，那麼，他真的已非人力所能挽救，你也只好另謀出路，開始自己的新生活。

「現在，假設連這最後一搏也失敗了。你丈夫知道你的決定後非常傷心，但儘管如此，他並沒有像你所希望的，表現出原始人受占有本能驅使所產生的反應。你還有可能將丈夫從日益委靡的精神狀態中解救出來嗎？只有一件事可做：如果他的繼母死去，或許還不算太晚。他或許能以自由之身開始新生活，恢復獨立自主和男子氣概。」

白羅頓了頓，又輕輕說了一遍。

「如果你婆婆死去……」

娜汀的眼神依然緊緊盯住他。她以溫柔而平穩的聲音開口說道：「你是在暗示大家，是我推波助瀾促成了這件事，對吧？你錯了，白羅先生。在我告訴婆婆我立刻要離家之後，就直接去了大帳篷找倫諾思。在有人發現我婆婆去世之前，我始終沒離開過。或許我對她的死有一份責任，因為我讓她受到了打擊……當然，這是以自然死亡為前提。但若是她確實如你所說（雖然到目前為止，你還沒有任何直接證據，而且在驗屍之前，你也不可能有），是被人蓄意謀殺的，那麼，我根本沒有下手的機會。」

白羅說：「在有人發現你婆婆去世之前，你始終沒有離開過大帳篷。這是你剛說的，夫人，這正是這件案子中令我費解的疑點之一。」

「怎麼說？」

「我就列在這張單子上，第九點：『晚餐於六點半準備就緒，一個僕人被派去通知柏敦夫人。』」

「我不懂你的意思。」雷蒙說。

「我也不懂。」卡蘿說。

白羅逐一打量他們。

「你們都不懂，是不是？『一個僕人被派去』——為什麼是僕人去？你們……你們每個人，難道不是一直勤於伺候老太太的嗎？你們不是總有人陪她去吃飯嗎？她身體不好，沒有人幫忙是很難從椅子上站起來的。你們一向有人陪在她身邊。所以，我認為在通知吃晚餐的時候，她的家人自然應該有人出去扶她。可是，你們沒有一個人有意這樣做。你們光是坐著，癱了一樣，面面相覷，搞不好還暗自納悶，為什麼沒人跟去。」

娜汀厲聲說道：「這太可笑了，白羅先生！那天晚上我們都累了。我們是該去，這一點我承認，但是那天晚上，我們就是正巧都沒去！」

「正是如此，正是如此，在那個特殊的晚上！夫人，你可能比其他人服侍她的時間更多。你早已機械似地接下了這個任務。可是那天晚上，你並沒有去把她扶進來的意思。為什麼？我問自己，為什麼？我告訴你我的答案。因為你心知肚明，你早知她已經死了……

「不，不，請別打斷我的話，夫人。」他激動地舉起一隻手。「你聽我說，聽我赫丘勒．白羅說！你和你婆婆談話時有證人證明——看得見卻聽不見的證人！韋斯索姆夫人和皮爾斯小姐離你們很遠。她們看見你『好像』在跟你婆婆說話，但事實究竟如何，又有什麼確切的證據呢？我另有一套小小的理論。你很聰明，夫人，以你冷靜而不慌不忙的個性，如果你決定要除掉你的婆婆，你會做好充分的準備，做得乾淨漂亮。你可以趁傑勒德醫生早上出去遊賞之際潛入他的帳篷。你很有把握可以找到合適的藥，在這方面，你的護士訓練大有幫助。你選了洋地黃毒素——老太太目前正在服用的同一種藥——你還拿了他的皮下注射器，這是因為你自己的不見了，這讓你很懊惱。你希望趕在醫生發現之前把注射器還回去。

「在開始實施計畫前，你做了最後一次努力，試圖激起你丈夫的行動意志。你告訴他，你打算嫁給傑斐遜．柯普。雖然你丈夫十分傷心，但他並沒有表現出你所期望的反應，所以你不得不將殺人計畫付諸行動。你返回營地，路上碰到韋斯索姆夫人和皮爾斯小姐，你很自然、很禮貌地和她們說了幾句話。然後你去見你婆婆，身上帶著已裝好藥水的注射器。你輕易就抓住了她的手腕——拜你護士訓練之賜，你的動作很熟練，一下就將藥水注射進去。你婆婆還沒反應過來，你就已經完成動作。而遠在山谷下面的人，只看見你彎下腰和她說話。接下來，你故意去搬張椅子，狀甚親密地和她交談了幾分鐘。她的死一定是瞬間發生的。你坐著是在和死人談話，但是誰又猜得到呢？接著你搬走椅子，去了下面的大帳篷，發現你丈夫在那裡看書。你很謹慎，一步都不離開大帳篷！你相信，柏敦夫人的死一定會被歸因於心臟病（實際上也是因為心臟出了毛病）。你的計畫只有一個地方出了紕漏。傑勒德醫生因為瘧疾發作躺在帳篷裡，你無法將注射器送回去。而且，你不知道醫生已經發現注射器不見了。夫人，這是這樁原本十全十美的犯罪中唯一的破綻。」

一陣靜默，死一般的寂靜。倫諾思·柏敦突然站起來。

「不！」他叫道，「這全然是一派胡言。娜汀什麼都沒做，她什麼都不可能做。我母親……我母親那時候已經死了。」

「啊？」白羅的視線慢慢轉向他。「這麼說，原來是你殺死了她，柏敦先生。」

又是一陣靜默。倫諾思跌坐在椅子上，顫抖的雙手捂住臉。

「是的，沒錯，我殺死了她。」

「是你從傑勒德醫生的帳篷裡拿走了洋地黃毒素？」

「是的。」

「什麼時候？」

「就……就……像你所說的，那天早上。」

「你還拿走了注射器？」

「注射器？是的。」

「你為什麼要殺死她？」

「你還要問這個問題？」

「我就是要問這個問題，柏敦先生！」

「你知道，我的妻子要離開我，去嫁給柯普——」

「沒錯，但你是到了那天下午才知道這件事。」

倫諾思瞪著他。

「當然。那是在我們出去的時候……」

「可是，你是在上午拿走毒藥和注射器的……在你知道這件事之前？」

「你為什麼要拿這些問題來煩我？」他頓了頓，一隻顫抖的手捂住額頭。「這又有什麼關係呢？」

「關係重大。倫諾思．柏敦先生，我勸你對我說實話。」

「實話？」倫諾思瞪著他。

「對，實話。」

「老天，好吧，」倫諾思突然說道，「但是我不知道你相不相信。」他深深地吸了一口氣。「那天下午離開娜汀的時候，我已經完全崩潰了。我從來沒想過她會離開我，跟別的男人走。我……我幾乎要瘋了！我感覺像是喝醉了酒，又像是大病初癒。」

白羅點點頭，說道：「韋斯索姆夫人描述過你從她身邊經過時的模樣，我注意到了。所以當你妻子說，她是在你們都回到營地後才告訴你那件事的時候，我知道她沒說真話。請繼續說，柏敦先生。」

「我根本不知道自己在做什麼……但走近營地後，我的頭腦似乎清醒過來。我突然意識到，該責怪的只有我自己！我一直是個可憐蟲！我早該反抗繼母、離家獨立。接著我想到，即使是現在，可能也不算太晚。那個老魔鬼就在上面，像個醜怪的雕像背對紅色岩石坐著。我直接跑上去，打算和她攤牌。我打算告訴她我的想法，並且宣布我要離家。我當時一頭熱，以為當天晚上就能離開……和娜汀一起離開，還覺得那天晚上無論如何也要趕到馬安。」

「噢，倫諾思，親愛的——」是一聲溫柔而甜蜜的長嘆。

他接著說：「然後……天哪，當時只要有人輕輕碰我一下，我會馬上跌倒在地！她死了！坐在那裡，死了……我……我不知如何是好，我已經麻木了，恍惚了。我想對她喊出來的那些話，全都被壓在心底，像鉛一般，我說不清楚……就好像，好像變成了石頭。我機械似地動作著，從她膝上拾起她的手錶，為她戴在手腕上，那可怕、軟綿綿的手腕……」他渾身一顫。「老天，真是可怕……然後我就跌跌撞撞奔下山去，進了大帳篷。我想我應該找人來的，可是我做不到。我就坐在那裡，翻著書，等待著……」

他停了下來。

「你不會相信我，你不可能相信我。為什麼我不找人來？不告訴娜汀？我不知道。」

傑勒德醫生清清喉嚨。

「你所說的完全合理，柏敦先生。你當時處於一種嚴重的神經質狀態。接踵而來的兩次嚴重打擊，足以讓你陷入你所說的那種狀態。這叫作韋森霍爾特反應……頭撞到窗子的小鳥就是最好的實例。恢復知覺後，牠出於本能不會有任何舉動，這樣牠才有時間重新調整神經中樞。我的英語不足以表達清楚，不過我的意思是：你當時不可能有別的反應，你不可能採取任何決斷的行動！你正經歷一段精神麻痺期！」他轉向白羅。「我的朋友，我向你保證，事實就是這樣！」

「噢，我並沒有懷疑，」白羅說，「我先前就注意到了一件小小的事實——柏敦先生為他母親戴上手錶。這有兩種可能：柏敦先生想掩蓋他犯的罪行；另一個可能則是怕被他妻子看見而產生誤會。她只比她丈夫晚五分鐘回到營地，一定看見了他這個舉動。她去了婆婆那裡，發現婆婆死了，手腕上還有皮下注射器留下的針孔，她自然會以為她丈夫是凶手，認為她要離開的決定，造成了和她的期望大相逕庭的反應。簡而言之，娜汀．柏敦相信自己唆使丈夫殺了人。」

他看著娜汀。

「是這樣吧，夫人？」

她垂下頭，問道：「你真的懷疑過我嗎，白羅先生？」

「我曾經認為這不失為一種可能，夫人。」

她傾身向前。

「現在呢？到底發生了什麼事，白羅先生？」

29

「到底發生了什麼事？」白羅重複了這句話。

他從身後拉了張椅子坐下。現在，他的態度和善而隨意。

「這是個疑問，對吧？因為，洋地黃毒素被偷了，注射器失蹤過，柏敦夫人的手腕上又有皮下注射器留下的針孔。沒錯，再過幾天，我們就能確知，柏敦夫人是否真的死於洋地黃素過量……屍體解剖會告訴我們。不過，到時候可能為時已晚！最好今晚就讓真相大白，趁著凶手還在此地、尚在我們掌握之際。」

娜汀猛然抬起頭。

「你的意思是，你依然相信凶手在這房間裡，是我們當中的某一個……」她的聲音愈來愈低。

白羅緩緩對自己點點頭。

「我答應過卡伯利上校，要讓真相水落石出。現在路障已除，我們要回頭看看我剛才提到的那一點。我寫了一張重要事實的單子，發現了兩處明顯的矛盾。」

卡伯利上校頭一回開了口。

「能說來聽聽嗎？」

白羅慎重其事說道：「我這就要告訴你們。我們再看一遍我在單子上列出的頭兩點：『柏敦夫人服用含有洋地黃鹼的混合藥劑』，『傑勒德醫生丟失了一個皮下注射器』。將這兩點和一個不容否認的事實——柏敦一家明顯表現出犯罪的反應（這一點我即將說明）——互相對照，似乎可以肯定，凶手一定是柏敦家的一員！然而，我提到的這兩個事實推翻了這個結論。沒錯，採用洋地黃濃縮藥劑是個聰明的辦法，因為柏敦夫人本來就在服用這種藥物。那麼，她的家人會以什麼方式下手呢？啊，毫無疑問，只有一種合理的方法可用：在她的藥瓶裡下毒！無論是誰，只要稍微有點腦筋，又能接近藥瓶，勢必都會這麼做！

「柏敦夫人遲早會因服下藥劑而死，即使在瓶子裡發現了洋地黃毒素，也可推說是調藥的藥劑師弄錯了。就算有人調查，也絕不會有什麼結果！那麼，為什麼要偷皮下注射器呢？這一點只可能有兩種解釋。如果不是傑勒德醫生弄錯，注射器根本沒被偷走過，要不就是注射器確實被拿走，因為凶手無法接近藥瓶，換句話說，凶手並非柏敦家的一員。從這兩樁事實來看，凶手是外來者的可能性很大！

「我雖然想通了這一點，可是柏敦一家明顯表現出來的犯罪徵象，卻讓我一頭霧水。他們有可能只是良心上有罪而實際上卻無罪嗎？我開始著手證明……不是證明他們有罪，而是證明他們無罪！

「這就是我們現在的推論。凶手是外人，這人和柏敦夫人不熟，無法進入她的石洞或接觸到她的藥瓶。」他頓了一頓。「房間裡有三個人算得上是『外人』，但他們無疑都和這件案子有關。我們先來看柯普先生。他和柏敦一家來往密切已有一段時日。我們能找出他做案的動機和時間嗎？似乎不能。柏敦夫人的死對他極為不利；她一死，他原本抱持的某種希望便落空了。除非他是個幾近狂熱的利他主義者，否則我們看不出他有什麼動機希望柏敦夫人死去；當然，其中也可能存在著我們毫不知曉的動機，我們並不知道柯普先生和柏敦家曾經有過什麼樣的往來。」

柯普先生以尊嚴的神色說道：「白羅先生，在我看來，這似乎有點牽強附會。請你別忘記，我完全沒有下手的機會。更何況，我堅信無論如何，人命是神聖的。」

「你所處的位置似乎無懈可擊，」白羅嚴肅說道，「在偵探小說當中，你會因此而成為重要的嫌疑犯。」他稍稍改變了坐姿。「現在，我們來看金恩小姐。金恩小姐有一定的動機，又有必要的醫學知識，而且她個性堅決果斷。不過，她三點半和其他人一起離開營地，六點才返回，似乎很難找出她下手的機會。

「接下來是傑勒德醫生。現在，我們必須將謀殺發生的真正時間考慮在內。依照倫諾思・柏敦先生所說，四點三十五的時候他母親已經死了；根據韋斯索姆夫人和皮爾斯小姐的證詞，四點十六分她們動身去散步的時候她還活著。因此，這中間就有整整二十分鐘的『真空』。兩位女士離開營地的途中曾經和傑勒德醫生擦肩而過。由於她們兩位是背對營地而行，而且愈走愈遠，所以沒人知道傑勒德醫生回到營地之後的行動，他完全有下手的機會。他是醫生，要偽裝成瘧疾發作的症狀易如反掌。況且，我敢說動機還是有的，傑勒德醫生可能希望拯救一個理智岌岌可危的人（這可能比失去生命更嚴重），他或許認為，為此而犧牲一個老朽無用的生命是值得的！」

「你的想法真是天馬行空！」傑勒德醫生說。

白羅不予理會，繼續說道：「不過，如果真是這樣，傑勒德醫生為什麼要指出柏敦夫人的死事有蹊蹺呢？確實，要不是他對卡伯利上校說了，柏敦夫人的死勢必會被視為自然死亡。頭一個提出謀殺可能性的就是傑勒德醫生。這一點，我親愛的朋友們，」白羅說，「不合常理！」

「看來是不合常理。」卡伯利上校粗聲說道。

「還有一種可能，」白羅說，「剛才倫諾思．柏敦夫人極力宣稱，凶手不可能是她的小姑。她之所以如此肯定，是因為她知道當時她婆婆已經死了。可是，請別忘記，潔妮弗拉．柏敦整個下午都在營地裡。這期間她是有機會的，就在韋斯索姆夫人和皮爾斯小姐離開營地之後、傑勒德醫生返回之前……」

潔妮弗拉開始不安。她傾身向前，以奇異、困惑又無邪的眼神緊盯著白羅的臉。

「是我？你認為凶手是我？」

她突然以無與倫比的優美姿態從椅子上一躍而起，奔到房間另一頭，在傑勒德醫生身旁跪了下來。她拉住他，充滿激情地仰視他的臉。

「不，不，別讓他們這麼說！他們又要把我關起來。那不是真的！我什麼都沒做！他們是我的敵人，他們想把我關進牢裡，想幽禁我。你一定要幫我，你一定要幫我！」

「沒事，沒事，我的孩子。」醫生輕拍著她的頭，接著對白羅說道：「你這是在胡說八道，荒唐透頂。」

「又是受迫害妄想症？」白羅輕聲問道。

「是的，可是她不可能做出那樣的事情。你必須明白，如果是她下的手，她的方式一定很戲劇化。她會用匕首——某種華麗燦爛、耀人耳目的東西——絕不是如此冷靜而鎮定的邏輯思維。我的朋友，相信我，錯不了的。我們面對的是一樁慎思熟慮的罪行，是心智健全的人犯的罪。」

白羅笑了，而且出人意表地鞠了個躬。

「Je suis entiérement de votre avis[16]。」他平靜地說道。

16　法語，意思是「我完全同意你的觀點」。

30

「來吧，」赫丘勒·白羅說道，「我們還有一小段路要走。既然傑勒德醫生提到心理學，我們就來看看本案和心理學相關的那一面。我們已經找出事實，列出事件發生的時間順序，也聽過了各項證詞，現在只剩一樣——心理研究。而最重要的心理學證據和死者有關。在這件案子裡，柏敦夫人本人的心理狀態至關緊要。

「請看我列出的第三點和第四點。『柏敦夫人以阻止其家人和他人交往為樂』。『事發當天下午，柏敦夫人鼓勵她的家人出外，只留下她一個人』。

「這兩件事實完全相左！為什麼就在那天下午，柏敦夫人會如此一反常態呢？是她突然天良發現，一時發了慈悲之心嗎？根據各位所說的來判斷，這種可能性幾乎為零。可是，她這麼做一定有原因。究竟是什麼原因呢？

「我們不妨對柏敦夫人的性格仔細探究探究。大家對她的看法，可謂是眾說紛紜。她是個冷酷的老暴君；是精神虐待狂；是邪惡的化身；是瘋子。哪一種看法最準確呢？

「在耶路撒冷的時候，莎拉．金恩曾經靈光一閃，覺得老太太非常可憐。我個人認為，這種看法最接近事實。不過，她不僅可憐，而且一無所有！

「我們不妨試著去感受柏敦夫人的心理情境。她天生雄心勃勃，渴望支配他人，渴望別人對她留下深刻印象。她既不設法將這種權力欲望昇華，又不去控制它……是的，各位先生女士，她反而去餵養它，讓這種欲望無限膨脹。可是到頭來──請聽好這句話──到頭來又如何呢？她並沒有獲得強大的權力！她並沒有廣為他人所畏懼、所憎恨！她只不過是個與世隔絕的家庭中的小小暴君！傑勒德醫生對我說過，她和其他老太太沒有兩樣，會對自己的嗜好感到厭煩。她亟思擴展活動範圍，想讓自己的統御更加驚險，並且引以為樂！然而，事情的發展卻截然不同。這次出國，讓她生平頭一次意識到，她是多麼的微不足道！

「現在，我們直接來看第十點──她在耶路撒冷對莎拉．金恩所說的話。莎拉．金恩直言不諱，毫不留情地指出柏敦夫人既可憐又毫無價值！現在，請大家──你們每一個人──仔細聽好，她對金恩小姐所說的話。金恩小姐說，柏敦夫人人說話時『滿是怨毒，連看都沒看我一眼』。她其實是這麼說的：『我從來沒忘記過任何事情──任何行為、任何名字、任何一張臉，我都不會忘記……』

「金恩小姐對這些話的印象非常深刻。老太太說話時的語氣異常強烈，聲音粗啞高亢，對金恩小姐的影響至深，以至於她沒能意識到這話出乎尋常的重要！

「各位有人聽出這話的重要性了嗎？」

他等了一分鐘。

「似乎沒有。不過，我的朋友們，你們可曾注意到，這話完全不像針對金恩小姐而發。『我從來沒忘記過任何事情，任何行為、任何名字、任何一張臉，我都不會忘記……』這些話毫無意義！如果她說的是『我永遠不會忘記無禮的行為』之類的，就顯得合理，可是她並沒有那樣說。她說的是『一張臉』！

「啊！」白羅雙手一拍。「可是我眼前一亮！這些話看似是針對金恩小姐而發，其實根本不是說給金恩小姐聽的！那是說給站在金恩小姐後面的另一個人聽的。」

他停下來，一一打量著那些人的表情。

「是的，我眼前一亮！告訴你們，那一剎那是柏敦夫人一生當中心理轉折最為激烈的重要時刻！一位聰明的小姐讓她認識到自己的真面目！她內心充滿了挫敗感所引起的狂怒，就在這時候，她認出某個人——她曾經見過的一張臉，這可真是送到她手上的犧牲品！

「我們又談到了外人！現在我們明白，為什麼柏敦夫人在她去世的那天下午，會突然變得和藹可親。她支走她的家人，是因為她——恕我說句不好聽的話——要油煎其他的魚！她想趕走不相干的人，好跟那個新的犧牲品見面……

「現在，我們不妨從這個新角度來看那天下午發生的事情。柏敦一家離開了，柏敦夫人坐在她的石洞口。我們再來仔細研究韋斯索姆夫人和皮爾斯小姐的證詞。後者是個不可靠的證人，觀察力差，非常容易人云亦云。反觀韋斯索姆夫人，腦筋不但條理分明，而且觀察入微，巨細靡遺。這兩位女士異口同聲說到一件事：一個阿拉伯僕人去了柏敦夫人那裡，不知何故惹火了她，之後急忙逃走了。韋斯索姆夫人言之鑿鑿，說那個僕人先前進過潔妮弗拉·柏敦的帳篷，可是各位或許還記得，傑勒德醫生和潔妮弗拉的帳篷相鄰，阿拉伯僕人進的可能是傑勒德醫生的帳篷……」

卡伯利上校打岔說：「你的意思是說，我某個貝都因族手下用皮下注射器殺死了老太太？這未免太匪夷所思了！」

「等一下，上校，我還沒說完。我們假設這個阿拉伯僕人，是從傑勒德醫生而非潔妮弗拉·柏敦的帳篷裡出來的。接下來呢？兩位女士都說看不清他的臉，無法指認，也聽不見他說了些什麼。這個不難理解，大帳篷與岩台之間隔著大約兩百碼。對於這人的其他方面特徵，韋斯索姆夫人則是指證歷歷。她詳細描述了他破爛的褲子和打得鬆鬆垮垮的綁腿。」

白羅傾身向前。

「而這件事真是非常奇怪！既然她看不見他的臉，聽不見他說話，她不可能注意到他的褲子和綁腿！因為他在兩百碼之外！

「這是一個失誤！它讓我有了一個奇異的想法。為什麼她如此強調破爛的褲子和鬆垮的綁腿呢？會不會是褲子根本沒破，而綁腿也純屬烏有呢？韋斯索姆夫人和皮爾斯小姐都看見了那個阿拉伯人，可是她們所坐的位置根本看不見對方。這一點由韋斯索姆夫人過去看皮爾斯小姐醒了沒有才發現她坐在帳篷口這件事，可以得知。」

「老天爺，」卡伯利上校突然坐得筆直。「你是說……」

「我是說，韋斯索姆夫人在確定皮爾斯小姐（唯一有可能醒著的證人）在做什麼之後，回到自己的帳篷，穿上馬褲、靴子和卡其外套，用她方格花樣的撢巾和一束羊毛線做成了一條阿拉伯式的頭巾。她以這樣的打扮大膽闖入傑勒德醫生的帳篷，在他的藥箱裡找到了合適的藥，拿了皮下注射器，注滿藥液，接著就去見她的受害者了。

「柏敦夫人可能正在打盹。韋斯索姆夫人動作很快，一把抓住她手腕就把藥液注射進去。柏敦夫人想喊叫卻發不出聲音，掙扎著想站起來卻跌坐在椅子上。『阿拉伯人』匆忙離開，故意裝出慚愧窘迫的模樣。柏敦夫人揮動手杖，試圖站起來，隨即又跌回椅子上。

「五分鐘後，韋斯索姆夫人又去找皮爾斯小姐，對她剛才目擊的情景做了一番評論，並且把自己的說辭灌輸給後者。接著兩人去散步，經過岩台下頭時稍停片刻，韋斯索姆夫人衝著上頭的老太太叫了一聲，這時柏敦夫人已死，不可能回答，但她對皮爾斯小姐說：『真是無禮，就這樣對我們哼一聲！』皮爾斯小姐接受了這個暗示——她經常聽到有人被柏敦夫人如此嗤之以鼻——如果必要的話，她會誠心誠意地發誓，說她確實聽到了。韋斯索姆夫人在各種委員會裡經常和皮爾斯小姐這類的婦女打交道，深知如何運用自己的名望和專橫的個性來影響她們。她這計畫中唯一的疏漏，就是她沒能及時把注射器還回去。傑勒德醫生提前回來，打亂了她的計畫。她希望他沒注意到注射器丟了，或是認為他自己先前沒看見，於是當天夜裡就把它還了回去。」

他停了下來。

莎拉說：「但是為什麼呢？韋斯索姆夫人為什麼要殺死柏敦夫人？」

「你不是告訴我，你在耶路撒冷對柏敦夫人說話的時候，韋斯索姆夫人就在附近？柏敦夫人那番話是衝著韋斯索姆夫人而發的。『我從來沒忘記過任何事情，任何行為、任何名字、任何一張臉，我都不會忘記……』將柏敦夫人曾經當過典獄長的這個事實聯繫起來，你就會恍然大悟。韋斯索姆爵士在從美國回來的途中遇到他的妻子。韋斯索姆夫人在嫁給他之前是個罪犯，曾在監獄裡服刑過。

「各位明白她身處於多麼恐懼的困境了吧？她的事業、她的雄心抱負、她的社會地位，一切都搖搖欲墜。我們還不知道（不過很快就會知道）她是因為什麼罪行而獲判入獄，可是一旦公諸於世，她的政治生涯勢必崩毀無疑。還有一點別忘了，柏敦夫人並不是一般的勒索者。她不要錢，她要的是玩弄獵物所帶來的樂趣，並且會以驚世駭俗的方式披露事實真相。所以，只要柏敦夫人活著，韋斯索姆夫人就不可能安全。她遵從柏敦夫人的指示，和她在佩特拉見面（我一直覺得很奇怪，像韋斯索姆夫人這樣自以為重要的人，竟然會甘於以一介觀光客的身分來旅行），可是她內心一定在醞釀著謀殺計畫。發現有機會後，她就大膽下手，將計畫付諸行動。她只有兩處出了紕漏。第一，她說得太多了點——對破褲子的描述——這是最早引起我注意的地方；第二，她把傑勒德醫生的帳篷弄錯了，先探頭進了潔妮弗拉的帳篷。當時潔妮弗拉正處於半睡半醒的狀態，因此才有了偽裝酋長的說法，這故事一半是真的，一半是編的。而她敘述的方法不對，她順從本能的欲望扭曲事實，結果把它編得更富於戲劇性了。不過，對我來說已經足夠。」他頓了一頓。「真相很快就會大白。今天，我趁著韋斯索姆夫人不注意的時候，採到了她的指紋。只要將這些指紋送到柏敦夫人當過典獄長的監獄，和檔案做一比照，很快就能獲知真相。」

他停了下來。

一聲銳響刺破了這瞬間的寂靜。

「什麼聲音？」傑勒德醫生問。

「聽起來像是槍聲，」卡伯利上校猛然站起身。「就在隔壁。那是誰的房間？」

白羅輕聲說道：「我有一個小小的想法，那是韋斯索姆夫人的房間……」

31
尾聲

摘自《晚聲報》：

本報茲以遺憾的心情宣布，下院議員韋斯索姆夫人不幸於一場悲劇事故中喪生。素喜在偏遠地區旅行的韋斯索姆夫人，隨身總會攜帶一把小左輪手槍。她在擦拭槍枝時不幸因意外走火而身亡。在此謹向韋斯索姆爵士致上最深的哀悼之意……

§

五年後，一個溫暖的六月夜晚，莎拉．柏敦和丈夫坐在倫敦一家劇院的前排座位上。上演的劇目是《哈姆雷特》。當奧菲利婭的聲音從舞台腳燈上方飄來，莎拉不禁抓住雷蒙的手臂：

真心要把情郎認，
怎知他是誰？
貝帽在頭杖在手，
腳上穿草鞋。
姑娘，他已經離開世間，
離開世間魂歸天；
黃土青草頭上覆，
石碑立腳邊。
呵啊！

莎拉喉嚨一陣緊。那無與倫比的純真之美，那塵世罕見的可愛微笑，已經超越了煩惱與憂傷，到達如幻似真的夢境……

莎拉自言自語道：「她真美……」

那活潑輕快又迷人的嗓音原本就美，現在經過訓練的雕琢，已成為完美的樂音。

劇末帷幕落下時，莎拉斷然說道：「潔妮是個大明星，非常非常棒的明星！」

之後，他們在薩伊餐廳圍著一張餐桌坐下。潔妮弗拉帶著夢幻般的微笑，望著身邊一個蓄鬍的男人。

「西奧多，我演得不錯吧，對不對？」

「你演得棒極了，親愛的。」

她的唇角浮現出幸福的微笑。

她輕聲說道：「你一直對我有信心，一直相信我可以有所成就，讓觀眾心醉神迷……」

不遠處的一張桌子旁，今晚的哈姆雷特正哭喪著臉。

「瞧她那種標新立異的表演方式！觀眾開始的時候當然會喜歡，可是我得說，莎士比亞可不是這樣演的。你沒看見，她把我的退場部分都給毀了？」

坐在潔妮弗拉對面的娜汀說：「到倫敦來看赫赫有名的潔妮演奧菲利婭，真是令人興奮！」

潔妮弗拉柔聲說道：「你們能來真好。」

「這是我們定期的家庭聚會。」娜汀一面微笑，一面回頭。她對倫諾思說：「我想孩子們可以看戲了，你說呢？他們已經長大了，而且，他們真的想看潔妮姑姑上台表演。」

倫諾思現在看來健康快樂，眼中閃著幽默的神采。他舉起酒杯。

「為新婚的柯普夫婦乾杯！」

傑斐遜．柯普和卡蘿接受了祝福。

「不忠實的情人！」卡蘿笑著說道。

「傑夫，你最好向你的初戀情人敬一杯，她就坐在你對面。」滿面春風的雷蒙說：「傑夫臉紅了。他不喜歡別人提醒他過去的事。」

他的臉上突然罩上烏雲。

莎拉用手輕輕握住他的手，烏雲隨即消散。他看著她，咧嘴笑了。

「就像一場噩夢！」

一個衣著入時的小個子在他們桌邊停下腳步。穿著華麗而無懈可擊的赫丘勒．白羅慎重其事地鞠躬致意，他的鬍子驕傲地捲曲著。

「柏敦小姐，」他對潔妮弗拉說，「謹致上我的敬意。你的表演真是精采絕倫！」

他們熱情地招呼他，挪出位置，讓他在莎拉身旁坐下。

他帶著微笑，逐一打量他們。趁著大家互相交談，他身體微微一偏，低聲對莎拉說道：「很好，看來柏敦一家現在一切順利。」

「這都是拜你之賜！」莎拉說。

「你丈夫現在很出名。我今天剛讀過一篇有關他新書的佳評。」

「可能不該由我來說，不過那本書真是很棒。你知道嗎，卡蘿和傑斐遜．柯普終於有情人成了眷屬。倫諾思和娜汀生了兩個非常可愛的孩子。雷蒙說他們很逗人喜歡。至於潔妮，我得說她是個天才。」

看著桌子對面那如花的容顏和皇冠般的金紅秀髮，她突然微微一顫。

一時之間，她的臉色變得凝重。她緩緩將酒杯舉至唇邊。

「你是在舉杯敬酒嗎，夫人？」白羅問。

莎拉緩緩說道：「我突然想起了……她。看著潔妮，我頭一次看到了她們母女的相似之處。簡直一模一樣，只是潔妮的光明，而她的黑暗……」

桌子對面的潔妮弗拉出人不意地說道。

「可憐的母親，她是個奇人。現在我們都很幸福，我不免為她難過。她在生活中沒能得到她想要的東西。對她來說，這一定難以忍受。」

她幾乎沒有停頓，顫抖的聲音溫柔地化成了「辛伯林」的歌詞。其他人彷彿著迷一般聆聽著它的旋律：

不再怕驕陽熾熱，
不再怕寒風凜冽；
世間工作你已完成，
領得工資回到溫暖的家……

專文推薦

藏在日常細節中的冒險

楊照（作家）

一開始，就都在那裡了。

一九二〇年，阿嘉莎．克莉絲蒂出版了《史岱爾莊謀殺案》，神探白羅就已經退休了。而且在這個案子裡，藉由敘述者海斯汀的轉述，就鋪陳出克莉絲蒂小說最基本的偵探原則：

「那些看來或許無關緊要的小細節……它們才是重要的關鍵，它們才是偉大的線索！」

「豐富的想像力就像洪水一樣，既能載舟亦能覆舟，而且，最簡單直接的解釋，往往就是最可能的答案。」

「沒有任何謀殺行為是沒有動機的。」

還有，一個不討人喜歡的死者，一群各有理由不喜歡死者、因而也就都有殺人動機的人，這些人彼此之間構成複雜的關係，有的互相仇視，有的互相愛戀，麻煩的是，有些愛人其實貌合神離，有些仇人其實私下愛慕；更麻煩的是，不論是愛或是仇，都有可能是扮演出來的。

一個外來的偵探必須周旋在這些嫌疑者之間，從他們口中獲取對於案情的了解，換句話說，他必須在很短的時間內，搞清楚誰是誰、誰跟誰吵架、誰跟誰偷情，然後判斷誰說的哪一句是實話、哪一句是謊言。常常謊言比實話對於破案更有幫助。

再偷偷透露一下，如果要和小說裡的凶手及小說背後的作者鬥智，就像克莉絲蒂對英國社會的了解，祕訣就在於要去追究小說裡的人物背景，尤其是他們的階級地位。基本上，階級地位愈高、權力愈大、愈有錢者，說的話就愈不要相信。例如在《史岱爾莊謀殺案》中，僕人、園丁說的話遠比有頭有臉的人說的要可信多了。就算要說謊，他們的謊言也比較天真，而且往往出於善良動機。當你歸納線索時，就會知道他們並非故意說謊，那是因為他們的認知受到蒙蔽或誤導，而你慢慢就從這蒙蔽或誤導中被引導到真相。

《史岱爾莊謀殺案》出版那年，克莉絲蒂三十歲，但書稿其實早在五年前就寫好了，畢竟要找到有人願意出版一個看來再平凡不過的家庭主婦寫的小說，並不是那麼容易。

所有和克莉絲蒂接觸過的人，都對於她的「正常」留下深刻印象。她看起來就和她那個年紀的典型英國家庭主婦一樣，害羞、靦腆，只能在社交場合勉強跟人聊些瑣事話題，完全無法演講，甚至連只是站起來對眾賓客說幾句客套話，請大家一起舉杯，她都做不到。她不演講，也很少答應接受採訪，就算採訪到她也很難從她口中得到有趣的內容。她會講的，幾乎都是記者本來就知道、或者自己就可以想得出來的。

例如說白羅這個神探的來歷。克莉絲蒂回答：他應該是個外國人，這樣就能在英國日常生活中看出英國人自己看不出的線索。她自己碰過的外國人，只有第一次大戰剛爆發時到英國避難的比利時人。比利時警察怎麼能跑到英國來？那一定是因為他已經退休了。他有潔癖，所以對於現場會有特殊的直覺，馬上感受到不對勁的地方。一個有潔癖的人，好像應該長得矮小些才相稱，一個矮小有潔癖的人最適當的名字，就是希臘神話裡的大力士「赫丘勒斯（Hercules）」，製造出荒唐的對比趣味。那白羅這個姓是怎麼來的呢？克莉絲蒂很誠實地說：「我不記得了。」

一切都如此順理成章，一切都如此合邏輯，不是嗎？有記者問她怎麼看自己的舞台劇〈捕鼠器〉，創下了英國劇場、甚至全世界劇場連演最多場紀錄的名劇？克莉絲蒂的回答也還是中規中矩，合理合節：那是一齣小戲，在一個小劇院演出，成本很低，任何人想到了都可以帶家人或朋友去看，老少咸宜，並不恐怖，也不特別荒謬打鬧，可是又什麼都有一點，包括恐怖和荒謬打鬧的成分。

她的身上找不出一點傳奇、怪誕色彩，那她為什麼能在五十年間持續寫偵探小說，創造了那麼多謀殺，還創造了那麼多詭計？

首先因為她是女性，以及她的身世，包括她的階級身分，使得她在描寫故事場景時比一般男性作者來得敏感。因為在她之前的偵探推理小說男性作家的階級身分都是高高在上，基本上他們會從較高的角度看社會，比較看不到底層的感受。

而她的婚變以及婚變中遭逢的痛苦，都使她更能體會與觀察，將英國社會的複雜細節融入小說的核心情節，讓探案與線索分析結合在一起。

克莉絲蒂一生結過兩次婚，第一次在一九一四年，婚後不久，丈夫就參加了歐戰，是英國皇家空軍最早一批飛行員。一九二六年，這個丈夫有了外遇，直率地向克莉絲蒂要求離婚，在那之前，克莉絲蒂的媽媽才剛過世，雙重打擊之下，又遇到車子無法發動，克莉絲蒂崩潰了，她棄車而走，忘記了自己究竟是誰，躲進一家鄉間旅館，登記時寫了她心裡唯一有印象的名字——她丈夫情婦的名字。

離婚後，一次在晚宴中，有人提起近東烏爾考古的最新收穫，克莉絲蒂就取消了原定要去西印度群島的計畫，改訂了跨越歐洲到君士坦丁堡的「東方快車」，是的，就是這趟旅程給了她寫《東方快車謀殺案》的靈感。不過更重要的是，在烏爾，她認識了一位年輕的考古學家，比她小十四歲，這個人後來成了她的第二任丈夫。

這位考古學家陪她去參觀在沙漠中的烏克海迪爾城，卻在沙漠中迷路困陷了。幾小時中克莉絲蒂卻沒有一點驚慌不安，當下考古學家就決定要向她求婚。

原來，克莉絲蒂的內心是有這種冒險成分的。要不然她不會兩次選到的，都是喜愛冒險的丈夫，而她本身大概也不會吸引一個在各種危險情境下挖掘古代寶藏的人，讓他願意向一個大他十四歲的女人求婚。

這樣說吧，維多利亞時代後期的英國環境，壓抑限制了克莉絲蒂冒險、追求傳奇的內在衝動，她只好將這樣的衝動寄託在丈夫和寫作上。她一邊陪著第二任丈夫在近東漫走，一邊在小說中寫各式各樣的謀殺與探案。謀殺和探案都是冒險，還有，偵探偵查中做的事——蒐集線索，還原命案過程——其實和考古學家的考掘，如此相似！

克莉絲蒂寫得最好的，正是「藏在日常中的冒險」。她個性中的雙面成分，造就了特殊的偵探魅力。既嚮往非常傳奇，卻又有根深柢固的日常邏輯信念，兩者都在克莉絲蒂的小說中扮演了重要角色。她的謀殺案幾乎都和日常習慣緊密編織在一起，日常環境成了凶手最重要的掩護。有些日常規律明顯地被破壞了，讓我們很自然以為那會是謀殺的線索，沿著這些線索形成了閱讀中的推理猜測，然而白羅早就提醒了，真正重要的反而是那些「細節」，也就是看來像是依隨日常邏輯進行的事，或說藏在日常邏輯中因而不被看重的事，那裡要嘛藏著凶手的核心詭計、煙幕，要嘛藏著凶手致命的破綻。

凶案的構想，就是如何讓異常蓋上日常、正常的面貌，又如何故意將日常、正常予以扭曲，製造假象；那麼偵探要做的，就是如何準確地在日常中分辨出真正的異常，將假的、明顯的異常撥開來，找出細節堆疊起來的異常真相。

此外，克莉絲蒂的小說裡隱藏著極其曖昧的情感價值觀，最典型、最有名的就是《東方快車謀殺案》。透過追查過程，讓讀者知道為什麼凶手要訴諸於這種手段，其動機具有可同情之處，再加上克莉絲蒂對身分階級的觀察，她比較相信或讓讀者相信那些沒有權力、地位的人，隨著偵查節奏去認識可能或必須懷疑的人。克莉絲蒂最擅長營造「多重嫌疑犯」的小說特質，因為讀者在閱讀時必須被迫去認識很多不一樣的人。在她最受歡迎的作品，大概都具備這樣的特質。

當然，她的作品中還有兩個最突出的神探，即白羅和瑪波。白羅是比利時人，但為什麼必須是外國人？這是因為英國人具有高度階級意識，這種觀念一路滲透到所有互動細節，包括人與人之間如何說話。而白羅因為不是英國人，他會發現一般英國人不太看得出來的東西，以及兩個人互動的方法哪裡不正常。至於瑪波為什麼得是老太太？她一如那個年代的老人家，總是靜靜坐著打毛線，因為不起眼，自然讓人放鬆防備，所以瑪波探案的線索都是來自於這樣的互動模式。

然而，白羅有很明顯的優勢，瑪波的身分使她基本上只能進行「靜態」的辦案，案子的空間受到侷限，白羅卻可以跨越各種空間，恣意揮灑。而且白羅擁有警官身分，可以合理出現在各種犯罪現場，瑪波能出現的地方，相形之下就勉強、不自然多了。白羅是明白的outsider，在英國，只要他出現，就會覺得有外人在而感到緊張，於是很容易露出平常不會表現的行為；瑪波則看起來是insider，但實質上是outsider，因為總是沒人發現她、當她空氣人。這兩人的探案，是兩個極端。雖然讀者最愛白羅，但克莉絲蒂自己偏愛瑪波勝於白羅。

不管後來的偵探、推理小說發展了多少巧妙詭計，克莉絲蒂卻不會過時，因為她的推理如此密切地和日常纏繞在一起；活在日常中，我們就無可避免被克莉絲蒂的「日常細節推理」吸引，隨時讀來都充滿驚奇趣味。

名家盛讚克莉絲蒂（依推薦時間排序）

金庸（作家）

克莉絲蒂的寫作功力一流，內容寫實，邏輯性順暢，也很會運用語言的趣味。閱讀她的小說，在謎底沒有揭露之前，我會與作者鬥智，這種過程非常令人享受。其作品的高明之處在於：布局的巧妙完全意想不到，而謎底揭穿時又十分合理，讓人不得不信服。

詹宏志（作家、PChome網路家庭董事長）

推理小說在從先輩柯南．道爾等人的發明中出現力量時，誕生了一位《天方夜譚》故事中每天說故事說個不停的王妃薛斐拉．柴德，也就是「謀殺天后」克莉絲蒂，整個世界對聽這些故事才有如此的熱情。他們捨不得睡覺，每天問後來還有嗎、還有嗎，永遠不肯離去，這就是克莉絲蒂對推理小說的最大貢獻。

可樂王（藝術家）

所謂「克莉絲蒂式」的推理小說，就是一場和一個天才的寫作者或高明的恐怖份子在紙上捕掠捉殺的戰事。即便是一列火車、一處飯店或一間酒吧，在克莉絲蒂寫來皆充滿神祕和猜謎。在人生適合的下午裡，我總是一面嚼著口香糖，一面跟著矮子偵探白羅穿梭謀殺現場，克莉絲蒂的推理作品無疑是推理世界中最充滿「魔術性」的小說。

吳若權（作家、節目主持人）

我從小就對推理小說情有獨鍾，克莉絲蒂一系列的作品尤其令我愛不釋手。多年來，閱讀推理小說的經驗讓我覺悟：讀者在文字情節中推展開來的驚嘆，不只是因緣於故事的本身，而是自我性格的投射。從這個觀點來看克莉絲蒂一系列的作品，她簡直就是洞徹人性的算命師。而讀者，在她的文字中，發現了自己無可奉告的命運。

藍祖蔚（國家電影及視聽文化中心董事長）

做過藥劑師，難免懂得毒藥；嫁給考古學家，難免也就嫻熟文明的神祕；再加上曾經失蹤九天，一切不復記憶的離奇經驗，的確提供了寫作靈感，但若少了想像力，那些片羽靈光縱使辛辣如辣椒，卻不足以成菜。

推理小說重布局、重人物描寫，克莉絲蒂最厲害的卻是犀利的人性觀察，她一手創造的白羅探長，潔癖個性完全和她相反，更將她所憎厭的人格特質集於一身，殊不知，唯有不對著鏡子寫作，才能夠跳出框架與制式反應，開闢無限寬廣的新世界，建構多面向的詭異迷宮。

看完她的小說，你只會更加訝異，到底是什麼樣的心靈才能成就這般視野？

李家同（作家、前暨南大學校長）

克莉絲蒂的整體布局十分細膩，最後案情也都講解得非常詳細，回頭去看，在書中都找得到線索。故事的情節與內容也很好看，不是像一個流氓在街上被殺掉那麼單調。……看小說應該要花腦筋、要思考，從小就要養成思辨的能力，看她的小說，就是對邏輯思考能力極佳的訓練。

袁瓊瓊（作家）

雖然被公認是冷靜理性的謀殺天后，但是在理性之下，克莉絲蒂的底色依舊是感情。克莉絲蒂很明白，所有的慾望之後，都無非是某種愛情。在以性命相搏的犯罪世界裡，凶手以終結他人的性命來遂私欲，不過是為了成全自己的愛，或者是成全自己的恨。

鄧惠文（精神科醫師）

以推理小說作家而言，克莉絲蒂的風格相當獨樹一格。她的偵探在辦案時，靠的不光是科學證據的搜集，而是大量運用犯罪心理學，及對人性的深刻了解。例如在《五隻小豬之歌》中，白羅便是藉由聽取嫌疑犯訴說案情時所不自覺顯露的主觀意識及中心思想，而看出其中破綻，找出真凶。白羅是靠腦袋辦案，以心理層面去剖析案情，即使人們敘述的是同一件事，他可以聽出不同角色因出發點及看待角度不同所透露的情緒觀感，從而抽絲剝繭，還原事實真相。

克莉絲蒂所塑造的人物也生動且各具特色，不同個性所出現的情緒反應描寫，皆細膩而準確，讓讀者產生豐富的想像空間，一展卷便欲罷而不能。

吳曉樂（作家）

克莉絲蒂使用的語言平易近人，主要是以角色與情節的對應來斧鑿出故事的深度，堆疊出讓讀者回味的迂迴空間。而她筆下的角色往往性別、階級、性格、族群各異，塑造出多元又豐富的人物群像。

文學作品不問類型，若要流傳於世，最終仍得上溯至「人性」的理解與反思。而阿嘉莎·克莉絲蒂的作品中，我們可以看到人類屢屢得和自己的人生討價還價，或千方百計讓主觀意識與客觀條件達成某種程度的整合，讀者在重建人物的心理軌跡時，也見識到自身的是非成敗，我認為，這也是克莉絲蒂的作品能夠璀璨經年、暢銷不衰的主因。

許皓宜（心理學作家）

克莉絲蒂筆下的故事看似在談人性的醜惡，實則像一位披著小說家靈魂的心靈引導者，用她的文字訴說著人們得不到「愛」時的痛苦。於是在故事終了的剎那，你不得不對人生多了幾分「看透感」：原來，我們心裡的那些痛苦、報復與自我折磨的慾望，不是因為「憤恨」，而是起於對「愛的失落」。這或許是我們在情感世界中最珍貴且深刻的一種覺察了。

推理小說荒謬驚悚嗎？不，它其實很寫實。它幫我們說出心裡的苦、怨、醜陋的慾望，於是，我們可以重新學習愛了。

一頁華爾滋 Kristin（影評人）

從有記憶以來，閱讀克莉絲蒂最迷人之處往往不在真正的凶手是誰，而是在於「Why」（為什麼）與「How」（如何進行），在於人性與心理描摹的故事肌理。依循其書寫脈絡，會發覺不只是邏輯清晰、布局縝密、著重細節，她總能完美掌握敘事節奏，書中人物彷彿真實存在般鮮明躍然紙上，讀者情緒會隨精準文字保持流轉、跳動、收放，掩卷時並無太多真相水落石出的暢快，反倒淡淡的惆悵化為餘韻襲上心頭，原來還是種種意料之外，卻屬情理之中的人性盲目使然。私以為，那成就了克莉絲蒂的推理故事之所以無比迷人的主因之一。

冬陽（推理評論人）

雖然阿嘉莎．克莉絲蒂的作品並非我的推理閱讀啟蒙，卻是養成閱讀不輟的重要推手。首先，她無庸置疑是個說故事能手，打開我名為好奇的開關；其次是設計犯罪事件的巧妙多元，既日常又異常，凶手更是叫人意想不到。沒錯，我相信每個當讀者的都忍不住想破案，想早偵探一步識破詭計，或者像考試結束鈴響前一秒，瞎猜都要指著某個角色大喊「你就是犯人」！然後會忍不住作弊——不是翻到最後幾頁窺探真凶身分，而是往前翻查讓人起疑的段落、偵探顯然掌握重要線索的時刻，直到忍不住豎白旗投降，看神探（我知道啦，真正把我耍得團團轉的聰明人是作者）頭頭是道地分析我遺漏錯置的片片拼圖，終於看清真相全貌。這，就是偵探推理，我因此熟悉遊戲規則、沉醉在每一場迷人故事裡，成為這個類型書寫的俘虜，享受至今不疲的美好滋味。

石芳瑜（作家、永樂座書店店主）

布局細膩、處處留下線索，破案解說詳細，說明了這位安靜、害羞的推理小說女王心思縝密，且充滿想像力。密室殺人，完美犯罪，《東方快車謀殺案》不愧為古典推理小說的經典。再加上神祕的東方色彩，隨著火車抵達的迫切時間感，連非推理小說迷都會神經拉緊，讀完大呼過癮。

家庭主婦缺少人生經驗？處女座的阿嘉莎．克莉絲蒂充分展現她過人的寫作天分，靠得是從小開始的閱讀，以及對偵探小說的著迷。三十歲寫下第一本偵探小說《史岱爾莊謀殺案》的克莉絲蒂，在那個時代並不能說是「早慧」，但寫作生涯五十五年中，共創作了八十部偵探小說，卻令人難以企及。這位害羞靦腆的小說女神，大概是相信只要有足夠的理由，每個人都有殺人的可能！

余小芳（暨南大學推理研究社指導老師、台灣推理作家協會常務理事）

學生時代加入推理社團，社課指定讀物便是經典作品《一個都不留》，成為我對克莉絲蒂的初步印象，自此沉浸於推理小說的世界。隔年寒假陪同學參與轉學考，在斜風細雨的走廊中，滿足讀完《東方快車謀殺案》。隨著歲月遠走，已昇華成趣味回憶。

踏入推理文學領域需要認識的作家，阿嘉莎．克莉絲蒂絕對名列其中，她的作品常有英國小鎮風光、莊園式的謀殺、設備豪華的交通工具等，還有特色鮮明的偵探活躍其中。書中少有血腥、暴力的橋段，布局巧妙且結構嚴密，手法純粹、知性，故事內容與人物性格融為一體，以高超的想像力結合說好故事的能耐，為推理小說開創新局面。克莉絲蒂推理全集重編改版，值得新舊讀者一起探索。

林怡辰（國小教師、教育部閱讀推手）

多年後，還是難忘第一次閱讀阿嘉莎．克莉絲蒂作品的感動和激動。這套將近一世紀的作品，文筆流暢，邏輯縝密，過程中不斷與作者較量、猜出凶手，直到最後解答不禁佩服，蛛絲馬跡處處展現作者的精妙手法，於是又拿起另一部作品，再次沉溺在謀殺天后所編織的日常世界中的奇幻，無可自拔。犯罪動機和手法穿越時空限制，如今讀來合理且依舊令人感動，閱讀中趣味橫生，難怪成為後來諸多偵探小說的原型。

克莉絲蒂創作生涯中產出的八十部推理作品，至今多部躍上大銀幕，無怪乎被稱之為「經典」，喜愛推理偵探作品的人不可不讀，你會驚異於她在文字中施展的魔法！

張東君（推理評論家、科普作家）

我愛克莉絲蒂！這位在台灣有時會被稱為克奶奶的超級暢銷推理小說家，即使是自認沒讀過她的書的人，也都會在各種書籍或影視作品中看到對她致敬的片段。由於她喜歡旅行和冒險，那些經驗與體驗都成為書中的場景，因此閱讀她的作品時，不只是雀躍地跟著偵探推理，也有了虛擬的旅行體驗。或者當成旅遊導覽書，在出發去尼羅河、去英國鄉間、去搭船搭火車時，就塞一本克奶奶的作品到隨身背包中。

我還是大學新生時，就聽學姐說她哥哥經常看克奶奶的小說，而且邊看邊狂笑。於是我跟著效仿，在某次搭飛機之前買了第一本小說當旅伴，不只看得超開心，看完後還到處找尋書中出現的那種有兜帽的斗篷，當成出門時的必備用品。克奶奶的作品是跨越文字、國界的。只要看過一本，就會不停地追下去。還好，真的是還好只有八十本。何況這次是全新校訂的紀念珍藏版，當然不能錯過！

發光小魚（呂湘瑜）（文史作家、助理教授）

一部好的偵探小說，除了情節設計巧妙之外，還需要洞悉人性，如此方能合理地交代人物的言行舉止與動機。阿嘉莎．克莉絲蒂便是其中翹楚，她的作品不管是偵探、愛情小說或戲劇，必要元素都是謎題與人性。在寧靜無波的場景下暗潮洶湧，永遠都有意料之外，讀者的情緒也會隨著劇情的進行起伏糾結。克莉絲蒂觀察到時代的變化，將犯罪心理融入作品中，於是，看她的小說不只能得到解謎的快樂，同時對人性也能夠有所省思。

此外，克莉絲蒂豐富的人生歷練及旅行經歷，例如一九二二年的環球之旅、居住過也旅行過的巴黎和埃及，甚至是追隨考古學家丈夫前往的中東，都讓她的小說讀來更加充滿異國情調。如果你也愛旅行，不如就讓我們一同搭上那一班南法的藍色列車，或由伊斯坦堡出發的東方快車，跟著白羅鑽進一樁奇案，一嘗旅程中破解謎題的快感吧。

盧郁佳（作家）

國小時，家裡買了一套阿嘉莎．克莉絲蒂全集，從此成了我的毒品，在白癡課本將我的腦袋啃嚙成海綿般空洞時，撫慰受創的心靈，那時我仍對人心險惡一無所知。

數學課教你列算式，樂趣遠不如克莉絲蒂教你住宅平面圖、偷換時序的密室魔術，你從庭園長窗進房間，我從房門直通鄰房，他從走廊進房……從而學會故事是建構邏輯。她文風多變，時而《四大天王》中讓神探白羅向助手海斯汀大賣關子，眉頭緊皺，山雨欲來，預示天翻地覆，只能靠他拯救世界；時而用維吉尼亞．吳爾芙《自己的房間》中俏皮的語言，讓貧苦村姑安妮在《褐衣男子》中回憶南非出生入死的冒險，竟源於她耽讀村裡圖書館爛舊的冒險愛情小說，還有戲院每週末放映〈帕米拉歷險記〉，帕米拉每集從飛機跳落高空、搭潛艇、爬上摩天大樓，每次被黑幫老大抓到總不一刀斃命，卻老要用瓦斯毒死她，暗示續集又會逃出生天。

長大才發現，克莉絲蒂小說就是我的〈帕米拉歷險記〉：它以歌劇般輝煌龐大的天真陰謀、精細的人際觀察（一句話重音放在哪個字、從膝蓋鑑定女人的年齡等），召喚年輕讀者抱持浪漫精神投入未知的壯遊，瘋魔、衝撞、冒犯，傷痕累累毫無懼色。正如瓦斯在冒險片中太多、現實中卻太少；陰謀在現實中沒有克莉絲蒂寫得那麼複雜，但她刻畫的心理卻是現實中解謎的試金石。

賴以威（臺灣師範大學電機系副教授）

或許可以為經典下幾個定義：該領域的愛好者更都讀過；不是這個領域的愛好者，許多人也都聽過；影響後續的作品，在很多著作中都可以看到它的影子；值得反覆再三閱讀，每隔一陣子再讀都可以獲得閱讀的樂趣，有更多的體悟。我永遠記得第一次讀《東方快車謀殺案》時，被那宛如嚴謹設計數學謎題的鋪陳、推進給深深吸引、震撼。從這幾個角度來說，克莉絲蒂的推理小說被稱之為「經典」，可說是當之無愧。

謝哲青（作家、旅行家、知名節目主持人）

克莉絲蒂小說的魅力在於透過每個角色的對白，藉由不斷的說話來表現人物的個性，以彰顯其人格特質中一些無法被忽略的事實。我們從他們的言語、講話的過程和字裡行間，竟然就能知道誰是凶手。

我從克莉絲蒂的小說學到很多，除了推理小說有趣的事實之外，最重要的是，我在工作的職場跟人應對的時候，如何從語言和對話裡去捕捉某些隱而不顯的事實。許多人們欲蓋彌彰的東西，無論心事也好、祕密也好，克莉絲蒂都會用文學的手法，讓你理解語言的奧妙和魅力。

克莉絲蒂的書寫會讓你覺得彷彿自己也在現場，你可以從聽到的對話當中，學會如何理解人心的一些小技巧，這是小說家最出色、最偉大的地方。我們必須學習傾聽別人說話——這些人講話是真誠的嗎？他想要跟你分享什麼資訊？這些資訊可靠嗎？——這是我在閱讀推理小說時，最大的收穫和理解。

阿嘉莎·克莉絲蒂大事記

1890		• 九月十五日出生於英格蘭德文郡托基鎮。
1894	4 歲	• 開始在家自學，父母親、姐姐教導閱讀、寫作、算術和彈鋼琴。
1895	5 歲	• 家中經濟走下坡，舉家搬至法國，學會流利的法語。
1905	15 歲	• 在巴黎寄宿學校學鋼琴和聲樂，但生性極度害羞，未成為職業鋼琴家，最終回到英國。
1907	17 歲	• 陪同母親前往埃及調養身體，對社交活動充滿興趣，但尚未對日後感興趣的埃及古物點燃熱情。 • 回英國後繼續寫作、參與業餘戲劇表演。
1908	18 歲	• 寫出第一篇短篇小說〈麗人之屋〉，同時也寫出第一部愛情小說《白雪黃漠》，以筆名向出版社投稿，但屢遭退稿。
1912	22 歲	• 與英國皇家軍官亞契·克莉絲蒂（Archibald Christie）熱戀。 • 八月爆發第一次世界大戰，亞契奉派到法國作戰。
1914	24 歲	• 耶誕夜結婚，亞契隨即返回戰場。克莉絲蒂參與紅十字會工作，在醫院擔任護士和藥劑師，因此對藥理和毒物非常熟悉，造就後來多部推理小說情節都以毒藥殺人。
1916	26 歲	• 開始嘗試寫推理小說，寫出第一部小說《史岱爾莊謀殺案》，主角偵探赫丘勒·白羅的靈感，來自於大戰期間英國鄉間的比利時難民營。本書歷經數家出版社退稿後，終獲柏德雷·海德（The Bodley Head）圖書公司的出版機會，之後並簽下另五本小說的合約。
1919	29 歲	• 前一年亞契返回英國，八月生下女兒露莎琳。

1920　30 歲　• 出版《史岱爾莊謀殺案》。

1922　32 歲　• 出版第二部小說《隱身魔鬼》，主角是夫妻檔偵探湯米和陶品絲。
• 與亞契至南非、澳洲、紐西蘭、夏威夷和加拿大等國旅行十個月，在南非得到《褐衣男子》的靈感。

1923　33 歲　• 三月出版第三部小說《高爾夫球場命案》，白羅再度登場。

1926　36 歲　• 四月母親過世，克莉絲蒂陷入憂鬱。
• 六月在「威廉・柯林斯父子出版社」出版《羅傑艾克洛命案》。
• 八月亞契因外遇提出離婚，十二月初一次爭吵後，克莉絲蒂離家棄車失蹤，消息登上全國新聞。

1927　37 歲　• 一月在悲痛心情中寫出《藍色列車之謎》，第一次創造出聖瑪莉米德村，即後來瑪波小姐居住的村子。
• 分居期間在雜誌刊登以白羅為主角的短篇小說，後來集結出版《四大天王》。
• 十二月在雜誌刊登短篇小說〈週二夜間俱樂部〉，瑪波小姐初登場，後來收錄在一九三二年出版的短篇小說集《十三個難題》。

1928　38 歲　• 十月正式離婚，仍保留「克莉絲蒂」姓氏。
• 秋天搭乘「東方快車」前往土耳其的伊斯坦堡，再轉往伊拉克首都巴格達，參觀考古現場烏爾，認識考古學家伍利夫婦（Leonard and Katharine Woolley）。

1930　40 歲　• 二月應伍利夫婦之邀再訪烏爾，認識考古學家麥克斯・馬龍（Max Mallowan），九月於英國愛丁堡結婚。這段婚姻開啟克莉絲蒂旺盛的創作生涯，兩人到中東考古現場的旅行為許多作品帶來靈感。

• 婚後克莉絲蒂開始維持固定的寫作行程。十月出版《牧師公館謀殺案》，是第一部以瑪波小姐為主角的小說。
• 出版第一部以「瑪麗·魏斯麥珂特」（Mary Westmacott）為筆名的《撒旦的情歌》，並陸續發表了五部非犯罪小說。

1932　42歲　• 出版《危機四伏》。

1934　44歲　• 出版《東方快車謀殺案》，是白羅海外辦案三部曲之一，故事靈感來自中東的旅行經歷。一九七四年第一次改編成電影大獲好評。

1936　46歲　• 出版《美索不達米亞驚魂》，白羅海外辦案三部曲之二。

1937　47歲　• 出版《尼羅河謀殺案》，白羅海外辦案三部曲之三，故事背景是年輕時與母親同遊的埃及。一九七八年第一次改編成電影大受歡迎。

1939　49歲　• 二次大戰期間，克莉絲蒂在大學學院醫院擔任義務藥師，學習到最新的毒藥知識，對於推理小說寫作大有助益。
• 出版《一個都不留》，是克莉絲蒂最著名作品之一。

1941　51歲　• 出版《密碼》，呈現出克莉絲蒂對戰爭的看法。
• 出版《豔陽下的謀殺案》。

1942　52歲　• 出版《藏書室的陌生人》、《五隻小豬之歌》等名作。

1944　54歲　• 以「瑪麗·魏斯麥珂特」為筆名出版第三部作品《幸福假面》，被美國書評人發現是克莉絲蒂的作品，讓她從此失去匿名創作的自在樂趣。

1950	60 歲	• 獲選為皇家文學學會的會員。
1953	63 歲	• 出版《葬禮變奏曲》。
1956	66 歲	• 一月獲頒大英帝國爵級大十字勳章（GBE）。 • 十一月以「瑪麗・魏斯麥珂特」為筆名出版《愛的重量》，是這個筆名的最後一部作品。
1958	68 歲	• 成為「偵探作家俱樂部」主席。
1960	70 歲	• 馬龍獲頒大英帝國爵級大十字勳章。
1961	71 歲	• 獲得艾克塞特大學頒發榮譽文學博士學位。
1968	78 歲	• 馬龍獲封為爵士，克莉絲蒂亦被稱為馬龍爵士夫人。
1971	81 歲	• 獲頒大英帝國爵級司令勳章（DBE），獲封為女爵士。
1973	83 歲	• 出版最後一部創作《死亡暗道》，亦為湯米和陶品絲最後一次辦案。
1974	84 歲	• 最後一次公開露面，出席電影《東方快車謀殺案》首映會。
1975	85 歲	• 八月六日，白羅成為有史以來第一次在《紐約時報》頭版刊出訃聞的小說主角，宣傳九月即將出版的《謝幕》，這也是白羅最後一次辦案。
1976	86 歲	• 一月十二日去世。 • 十月出版《死亡不長眠》，瑪波小姐的最後一次辦案。

克莉絲蒂推理原著出版年表

1920　史岱爾莊謀殺案 The Mysterious Affair at Styles（神探白羅系列）
1922　隱身魔鬼 The Secret Adversary（神探湯米＆陶品絲系列）
1923　高爾夫球場命案 The Murder on the Links（神探白羅系列）
1924　白羅出擊 Poirot Investigates（神探白羅系列）
1924　褐衣男子 The Man in the Brown Suit（神探雷斯上校系列）
1925　煙囪的祕密 The Secret of Chimneys（神探巴鬥主任系列）
1926　羅傑艾克洛命案 The Murder of Roger Ackroyd（神探白羅系列）
1927　四大天王 The Big Four（神探白羅系列）
1928　藍色列車之謎 The Mystery of the Blue Train（神探白羅系列）
1929　七鐘面 The Seven Dials Mystery（神探巴鬥主任系列）
1929　鴛鴦神探 Partners in Crime（神探湯米＆陶品絲系列）
1930　牧師公館謀殺案 The Murder at the Vicarage（神探瑪波系列）
1930　謎樣的鬼豔先生 The Mysterious Mr. Quin（神探鬼豔先生系列）
1931　西塔佛祕案 The Sittaford Mystery
1932　十三個難題 The Thirteen Problems（神探瑪波系列）
1932　危機四伏 Peril at End House（神探白羅系列）
1933　十三人的晚宴 Lord Edgware Dies（神探白羅系列）
1933　死亡之犬 The Hound of Death
1934　三幕悲劇 Three Act Tragedy（神探白羅系列）
1934　李斯特岱奇案 The Listerdale Mystery
1934　帕克潘調查簿 Parker Pyne Investigates（神探帕克潘系列）
1934　東方快車謀殺案 Murder on the Orient Express（神探白羅系列）
1934　為什麼不找伊文斯？ Why Didn't They Ask Evans?
1935　謀殺在雲端 Death in the Clouds（神探白羅系列）
1936　ABC 謀殺案 The A.B.C. Murders（神探白羅系列）
1936　底牌 Cards on the Table（神探白羅系列）
1936　美索不達米亞驚魂 Murder in Mesopotamia（神探白羅系列）

1937 巴石立花園街謀殺案 Murder in the Mews（神探白羅系列）
1937 尼羅河謀殺案 Death on the Nile（神探白羅系列）
1937 死無對證 Dumb Witness（神探白羅系列）
1938 白羅的聖誕假期 Hercule Poirot's Christmas（神探白羅系列）
1938 死亡約會 Appointment with Death（神探白羅系列）
1939 一個都不留 And Then There Were None
1939 殺人不難 Murder Is Easy/Easy to Kill（神探巴鬥主任系列）
1940 一，二，縫好鞋釦 One, Two, Buckle My Shoe（神探白羅系列）
1940 絲柏的哀歌 Sad Cypress（神探白羅系列）
1941 密碼 N Or M?（神探湯米＆陶品絲系列）
1941 豔陽下的謀殺案 Evil Under the Sun（神探白羅系列）
1942 五隻小豬之歌 Five Little Pigs（神探白羅系列）
1942 藏書室的陌生人 The Body in the Library（神探瑪波系列）
1943 幕後黑手 The Moving Finger（神探瑪波系列）
1944 本末倒置 Towards Zero（神探巴鬥主任系列）
1945 死亡終有時 Death Comes as the End
1945 魂縈舊恨 Remembered Death（神探雷斯上校系列）
1946 池邊的幻影 The Hollow（神探白羅系列）
1947 赫丘勒的十二道任務 The Labours of Hercules（神探白羅系列）
1948 順水推舟 Taken at the Flood（神探白羅系列）
1949 畸屋 Crooked House
1950 謀殺啟事 A Murder Is Announced（神探瑪波系列）
1951 巴格達風雲 They Came to Baghdad
1952 殺手魔術 They Do It with Mirrors（神探瑪波系列）
1952 麥金堤太太之死 Mrs. McGinty's Dead（神探白羅系列）
1953 黑麥滿口袋 A Pocket Full of Rye（神探瑪波系列）
1953 葬禮變奏曲 After the Funeral（神探白羅系列）

1954　未知的旅途 Destination Unknown
1955　國際學舍謀殺案 Hickory, Dickory, Dock（神探白羅系列）
1956　弄假成真 Dead Man's Folly（神探白羅系列）
1957　殺人一瞬間 4:50 from Paddington（神探瑪波系列）
1958　無辜者的試煉 Ordeal by Innocence
1959　鴿群裡的貓 Cat Among the Pigeons（神探白羅系列）
1960　哪個聖誕布丁？ The Adventure of the Christmas Pudding（神探白羅系列）
1961　白馬酒館 The Pale Horse
1962　破鏡謀殺案 The Mirror Crack'd from Side to Side（神探瑪波系列）
1963　怪鐘 The Clocks（神探白羅系列）
1964　加勒比海疑雲 A Caribbean Mystery（神探瑪波系列）
1965　柏翠門旅館 At Bertram's Hotel（神探瑪波系列）
1966　第三個單身女郎 Third Girl（神探白羅系列）
1967　無盡的夜 Endless Night
1968　顫刺的預兆 By the Pricking of My Thumbs（神探湯米＆陶品絲系列）
1969　萬聖節派對 Hallowe'en Party（神探白羅系列）
1970　法蘭克福機場怪客 Passengers to Frankfurt
1971　復仇女神 Nemesis（神探瑪波系列）
1972　問大象去吧！ Elephants Can Remember（神探白羅系列）
1973　死亡暗道 Postern of Fate（神探湯米＆陶品絲系列）
1974　白羅的初期探案 Poirot's Early Cases（神探白羅系列）
1975　謝幕 Curtain: Hercule Poirot's Last Case（神探白羅系列）
1976　死亡不長眠 Sleeping Murder（神探瑪波系列）
1979　瑪波小姐的完結篇 Miss Marple's Final Cases（神探瑪波系列）
1991　情牽波倫沙 Problem at Pollensa Bay
1997　殘光夜影 While the Light Lasts

國家圖書館出版品預行編目（CIP）資料

死亡約會 / 阿嘉莎．克莉絲蒂（Agatha Christie）
著 ; 郭西、郭維譯. -- 二版. -- 臺北市 : 遠流出版
事業股份有限公司, 2022.10
面； 公分. -- (克莉絲蒂繁體中文版20週年
紀念珍藏 ; 19)
譯自 : Appointment with death
ISBN 978-957-32-9746-8(平裝)

873.57 111013858

克莉絲蒂繁體中文版 20 週年紀念珍藏 19

死亡約會

作者 / 阿嘉莎．克莉絲蒂
譯者 / 郭西、郭維

主編 / 陳懿文、余式恕　校對 / 呂佳真
封面、內頁設計 / 謝佳穎　排版 / 連紫吟、曹任華
行銷企劃 / 舒意雯　出版一部總編輯暨總監 / 王明雪

發行人 / 王榮文
出版發行 / 遠流出版事業股份有限公司
地址 / 104005臺北市中山北路一段11號13樓
電話 / (02)2571-0297　傳真 / (02)2571-0197　郵撥 / 0189456-1
著作權顧問 / 蕭雄淋律師

2002年8月1日 初版一刷
2022年10月1日 二版一刷
定價 / 新臺幣380元 (缺頁或破損的書，請寄回更換)

ISBN 978-957-32-9746-8

遠流博識網 http://www.ylib.com E-mail: ylib@ylib.com
遠流粉絲團 https://www.facebook.com/ylibfans

www.agathachristie.com